魅丽文化

锦橙 著

我的男朋友超可爱

广东旅游出版社
GUANGDONG TRAVEL & TOURISM PRESS
悦读书·悦旅行·悦享人生

中国·广州

图书在版编目（CIP）数据

我的男朋友超可爱 / 锦橙著 . — 广州 ：广东旅游出版社，
2020.5

ISBN 978-7-5570-2211-2

Ⅰ . ①我… Ⅱ . ①锦… Ⅲ . ①长篇小说－中国－当代
Ⅳ . ① I247.5

中国版本图书馆 CIP 数据核字（2020）第 051361 号

出　版　人：刘志松
总　策　划：邹立勋
责 任 编 辑：贾小娇　厉颖卿

我的男朋友超可爱
WO DE NAN PENG YOU CHAO KE AI

广东旅游出版社出版发行
（广东省广州市环市东路 338 号银政大厦西楼 12 楼）
邮编：510060
邮购电话：020-87347732
湖南天闻新华印务有限公司印刷
（湖南望城湖南出版科技园）
880 毫米 ×1230 毫米　32 开
9 印张　193 千字
2020 年 5 月第 1 版第 1 次印刷
定价：38.80 元

目录
CONTENTS

1

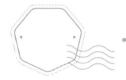

★

第一章
游戏小白

接到助理的电话时，夏春树刚下直播。她敷着面膜，舒服地躺在半仰的电竞椅上，身上只穿了套黑色蕾丝内衣，长腿交叠搭在面前的桌上，涂抹着粉色甲油的脚趾轻轻勾动，灯光下的皮肤白到发光。

安萌说："上头的旨意，让你明儿带个人。"

夏春树刷着微博，声音含糊不清："什么人？"

"有点来头，ID 我发你微信了，你现在去加上。"

夏春树挑了下眉，将手机页面切换到了微信。对方 ID 为Arios。她沉默了，忍不住打字和安萌说："这别是个小学生吧？"

安萌："二十岁，比你小。"

还真的比她小。

安萌："那是个游戏小白，记得好好带他，上头说搞好了给你加工资。"

夏春树发出了一段表示无奈的省略号。

她很愁。

因为她最怕的就是小白。

夏春树今年二十四岁，大学毕业后无所事事，只想躺在家里混吃等死，为了发家致富，她做起了主播。她最开始做的是歌唱主播，凭借着妖艳美丽的五官和一副好嗓子，她很快成为最受欢迎的女主播榜第一名。

直到半年前，夏春树迷恋上了大火的《绝地求生》。这是一款大逃杀类型的射击游戏，游戏开局，一百名玩家会被空投到一座无人小岛上，最后活下来的幸运儿屏幕上会显示"大吉大利，晚上吃鸡"，所以这款游戏又被称为"吃鸡游戏"。

她的直播内容突然转变，让不少粉丝反应不及，营销号对此还发了通稿嘲讽，很多吃瓜群众围观看热闹。可万万没想到，夏春树是个技术流，单打独斗进入亚服前二十名。

因为操作技术好，人长得美，又会讲笑话，时不时还高歌一曲，夏春树迅速成为狸猫TV的一姐，地位至今无人撼动。然而她最怕遇见的还是"菜鸡"，也就是什么都不懂的游戏小白。

夏春树："这人到底是谁啊？"

安萌："老总不让我和你说，怕你承受不起。就这样，我先走了。"

夏春树是个佛系养生美少女，一般直播时间都在晚上六点到十点，绝对不会超过十一点。周六、周日是休息时间，也是她的训练时间，毕竟技术不是躺着就有的。

周六晚六点，夏春树登录了Steam账号，她的ID名叫Emma Wordsky，不正经地翻译过来就是"艾玛我的天"。

刚登录，夏春树就见列表里的Arios在线，于是发送了私聊消息。

Emma Wordsky："兄弟，怎么称呼？"

Arios："随你。"

这小子话还挺少。

夏春树"啪啪"打字："那……叫你天使儿？"

Arios："好。"

Emma Wordsky："那我进去拉你。"

Arios："好。"

感觉这人话少，也高冷，估计也不闹腾。

夏春树登录游戏，邀请了天使儿。

她打开语音，清清嗓子："兄弟你能把语音打开吗？方便我们交流。"

夏春树的声音非常缠绵，微哑的声线加上上挑的尾音，娇媚劲儿十足。

停了片刻后，耳机里传来一阵细细的电流声，接着传来一声——

"好。"

青年淡淡的一个字，清冷得宛如山间溪水，顿时让夏春树有片刻的失神。

她很快回过神，说："那我排了。"

两人进入游戏中的等待区域，这片区域又被游戏玩家称作素质广场，因为这里充斥着小广告和玩家之间的对骂。

等待的工夫，夏春树问："你之前有玩过这个游戏吗？"

青年语调冷冷："没有。"

夏春树沉默了几秒，继续问："基础了解吗？"

他又说："不。"

那简略冷淡的一个字再次让夏春树陷入无奈的沉默。

夏春树琢磨了一下，试探性地问："一点都不了解吗？"

对方："嗯。"顿了顿，又说，"会开枪。"

算了，总比什么都不知道的强。

因为对方是新人，夏春树这次不准备进城，准备直接打野。在游戏里，硬气不怕死的玩家会选择去资源丰富的城市拼枪，而警惕性高的玩家会选择去人少的城市外收集资源，这就是打野。

她将位置标记到 P 城附近，这里资源较多，离城市不远不近，他们也能快速地进入安全区内。

落地后，夏春树警告着小菜鸡："你跟着我就好。"

小菜鸡又是简简单单的一个字："好。"

夏春树又不知道该怎么接话了，心想，这小子还真高冷。

夏春树回忆了一下，他从进来到现在说的每句话就没超过三个字。

她慢慢控制着降落伞的方向，搭话道："你知道我是谁吗？"

对方回："不。"

"我的直播房间号 8888。你比我小，叫我仙儿姐好了，我的老婆粉都这么叫我。"

夏春树的主播名叫"是仙女呀"，因为她脾气暴、男友力强，渐渐地，不管男女，她的粉丝都自称"仙儿姐老婆"，这让夏春树倍儿有面子。

"嗯。"

果然又是一个字。

游戏里的野外没什么人，夏春树落地后迅速进入一间房间，四处搜刮一圈后只找到一把小手枪和一顶"卤蛋头"——游戏中最低级的头盔。夏春树有些担心那只话少的天使儿"小菜鸡"，忙不迭地转移视角去看他，发现穿着琉璃白衣服的男性角色对着矮墙在反复横跳、左右摩擦。

夏春树一阵无语，终于忍不住开口打断了他那愚蠢得惹人发笑的行为："天使儿你在干吗？"

"上不去。"这次他清清冷冷的声音已有了些许委屈。

"你试试从左边门走吧！"夏春树建议道。

只见屏幕上的人物停顿了几秒后，扭着腰冲了进去，然后……对着门陷入僵持。

她揉了揉太阳穴，有些无奈地道："F键。"

天使儿有些不好意思地说了声"谢谢"。

又过了一会儿，夏春树的耳机里传来一道浅浅细细的声音："仙儿姐……"

听到青年那清冷如山涧溪水般的声音，她握着鼠标的手微紧，烦躁感瞬间被驱散，脸上不由挂着笑："没事，不懂再问我。"

确定"菜鸡"小天使儿没什么问题后，夏春树去了别处搜刮物资，隔一会儿就问问他的情况。

在《绝地求生》里，随着游戏时间增长，安全区域会不断缩小，安全区将会被毒圈包围，而玩家跑入安全区的过程就叫作跑毒。第一个毒圈持续了五分钟，即将缩圈时，夏春树看了下地图，发现他们在安全区边缘，要往里面走走才行。

"天使儿，我们要走了。"

"有人。"他的声音无比紧张，尾音紧绷，显然吓得不轻。

"别慌。"夏春树急忙弯腰跑到树下，打开全息镜看着前面屋子的情况，"你有枪吗？"

他冷着声音："没有。"

夏春树问："那你有什么？"

他说："弹。"

夏春树迟疑了几秒，才问："碎片手榴弹？"

他低声应了一声："嗯。"

夏春树长呼一口气，说："离你近的话你就炸死他。"

他还是回答一个字："好。"

话音刚落，夏春树就听到有物体滚落的声音，她的眼角狠狠一抽，心道：不会是……

"砰！"

夏春树屏幕上显示"Arios用碎片手榴弹击倒了你"，接着，耳机里传来对方镇定自若的声音："好了。"

看着那灰暗下来的屏幕，夏春树瞪大了一双桃花眼，忍不住骂出了声："好？好你个西瓜大棒槌！"这小子不会是个傻子吧？世界上怎么会有这么愚蠢的人！

自己的游戏人物被小天使用手榴弹炸死后，夏春树不得不停止游戏，用了三分钟的时间教他如何分辨敌人和队友。

男生的声音又低又哑，即使看不到他脸上的神色，她也能从他连连"嗯"的声音中感觉到他的委屈和不安。

夏春树不是个记仇的人，她看了眼时间，要到七点了，于是放软语气："我要去吃晚餐了。"等那边传来回应后，她继续说，"那我先下了，我们明天继续。"

说完，夏春树退出游戏，摘下耳机揉了揉发烫的耳朵，起身出门。

夏春树的父母都是考古学家，常年奔波在外，有时候和她一年都见不了一面，家里只有个弟弟陪着夏春树。

夏春树的弟弟叫夏春生，就读于 A 大计算机系，今年刚满二十岁，话不多，性子冷，听话懂事，相貌英俊，非常受女生欢迎。

这天等夏春树从楼上下去时，夏春生已经做好了晚餐，见到姐姐来了，这才动筷。

夏春树坐在夏春生对面，看着满桌子的菜，发现都是自己喜欢吃的，馋得咽了口唾沫，语气中带着开心："你做了糖醋小排呀。"

放在桌子正中的糖醋排骨色泽红亮，无比诱人。

夏春树拿起筷子，忍不住一脸喜色，笑意展露眉梢。

A 大和他们小区有些距离，夏春生原本可以住校，但是最后还是选择走读。就算他嘴上不说，夏春树也知道弟弟这是为了她好，怕她一个人在家饿死。

夏春树忙着吃了几口，这才抬眸瞥着夏春生，心想怎么都该报答一下弟弟的这顿晚餐，于是清清嗓子说："生生，要不要我晚上陪你玩英雄联盟？"

夏春生握着筷子的手一顿，道："算了。"

夏春树骄傲地挺胸，说："我石头辅助贼厉害。"

夏春生面无表情："兵线你吃，人头你抢，伤害我扛，的确挺厉害。"

被揭穿真相的夏春树心虚地低下头，半晌不敢说话。

她抬了抬眼皮，小心翼翼地问："那……今天我带你玩'吃鸡'吧？"

夏春生摇头："我不想当你的真人切斯特。"

切斯特是游戏《饥荒》中的一只背包怪，专门给人装东西的。

夏春树努努嘴，心想：我的弟弟一点都不可爱。

阴暗逼仄的空间里，黑色窗帘厚重，阳光被抵挡在窗外。靠着床的书桌上放着一台电脑，电脑显示屏忽明忽暗。

青年坐在书桌前，身形消瘦，握着鼠标的手苍白修长。

细看之下，他有张英俊的面庞，五官比其他亚洲人立体，唇线的弧度非常性感精致，此刻，一双唇正紧抿着绷成直线。他高挺的鼻梁上架着一副黑框眼镜，镜片下的双眸深邃凌厉，正盯着屏幕一眨不眨。

季青临正看着狸猫 TV 的视频，视频女主播的名字叫"是仙女呀"，上面的时间显示是前晚六点。

视频的右下角窗口里，女主播的模样尤其惹眼，一头及胸的海藻般的卷发被挑染成张扬的蓝灰色渐变，更突出了她精致的眉眼、白皙的皮肤。

除了过于明艳的五官外，较为引人注目的还有她的操作，她涂抹着浅蓝甲油的手指在键盘上来回移动。她的声音微沉，透着股慵懒的妩媚——

"队友？我不需要队友，队友都是我的移动切斯特。"

"对，就是《饥荒》里那只背包怪。"

"打野？打野是胆小鬼干的事儿，我就喜欢皇城PK。"

"这群蠢货还敢打我屁股，看仙儿姐用平底锅教他们做人。"

"决赛圈写了我的名字，以后都叫'仙儿姐圈'。"

"看到没！姐就是天选之人！"

弹幕上齐齐飞过密密麻麻的"天选之人"，接着，屏幕上显示一道黄色字体"大吉大利，晚上吃鸡"。

女人收回放在键盘上的手，捏了捏，端起水杯抿了口水，她抬眸像是扫了眼时间，然后声音弱了下去："这游戏也玩了，我今天能不能……"

弹幕瞬间疯狂，"不能""不行""不可以"之词从弹幕中跳出。

"好吧。"她无奈地笑了下，"那我给你们唱首韩文歌吧，叫《睡觉》。"

说着，她打开了伴奏，女人独特的嗓音在唱这种轻柔悲伤的歌曲时有种别样的魅力，季青临瞥过弹幕，看到齐齐一片"好听""女神""我老公"。

屏幕下方的一条红色弹幕很是显眼："你们听不出仙儿姐是想睡觉了吗？"

女人停下声音，笑了："行了，我真的要去睡了。"

季青临微凸的喉结动了动，看着她懒懒的笑和时刻散发着自信的眸子，他的胸口突然憋了一口气。

季青临关闭网页，拔掉网线，整个房间顿时陷入沉寂的黑暗。

"少爷，"门被人敲了敲，保姆的声音透过厚重的房门传入，有些低沉，"晚餐放在门口了。"

季青临摘下眼镜，爬上床拉开被子，把自己颀长瘦削的身体紧紧裹在里面，过了一会儿，他又下床重新打开了电脑。

他的手指在鼠标上游离，最后登入Steam，点开《绝地求生》。

结果他不小心开了四排，耳机里突然传出的几道男声吓得季青临一个哆嗦。他喘了几口气才稳住，关闭麦克风，安静如鸡。

见他一直沉默，队友忍不住说："三号怎么不开麦？"

二号调整着坐标，说："我们跳农场吧。"

另一个队友和季青临说："三号跟紧一号。"

季青临紧盯着标记的点，乖乖落下后，快速跑到了周边的房间里。

"前面有人，小心点啊。"队友提醒道。

季青临吞咽了一口唾沫，捡起一把小手枪后，缩在三楼的阳台上一动不敢动。

耳机里突然有脚步声传来，他全身的神经随之紧绷起来，手背青筋凸起，他开始四处晃动视野。

混乱的枪声夹杂着凌乱的脚步声响起，季青临往里面缩了缩，吓得头皮发麻、口干舌燥。

"啥情况？"耳机里的声音有些暴躁，"我倒了，三号你干吗呢？"

见他半天没有动静，队友已经有些不耐烦了："三号你救我一下，我在你楼下！"

　　楼下？

　　季青临弯腰向楼下跑去，结果他点了半天 F 键，门怎么都开不了。季青临心里着急，想也没想就从三楼跳了下去，结果和赶来的敌人撞个正着。

　　"砰！"

　　季青临屏幕上显示"rnoxabnuiog 用 M416 击倒了你"。

　　同时，耳机里传来敌人的调侃："妈呀，天上掉快递了。"

　　另一个敌人更加开心："哈哈哈，人形空投，可以的。"

　　队友沉默。

　　季青临同样沉默。

　　二号随之倒地，忍不住大骂出声："三号你有病吗？你故意的吧？"

　　季青临开了麦，张张嘴，小声说："我、我想救你。"

　　队友恶狠狠地大骂着，言语污秽不堪。

　　季青临的长睫颤了颤，什么都没说就退出了游戏。

　　晚上六点，夏春树的直播间已有了三百万观众，看着不断上升的观众人数，她的脸上却没什么情绪波动。

　　见她迟迟没有开游戏，观众都有些急了，弹幕齐齐飘过："仙儿姐还不开始吗？"

　　"老公你是不是在等什么人？"

　　"我知道了，仙儿姐要等我开始。"

"前面的你清醒一点！六点还不是睡觉的时候！"

叮，你的好友 Arios 已上线。

夏春树松了一口气，点了"邀请"。此举动顿时让直播间的观众惊呆了，谁不知道夏春树只玩单排，玩了半年也只开过三次四排，还都是水友赛，现在她竟然邀请人了？

众人凝神看去，对着那个 ID 陷入了沉默。

"这 ID……高达看多了吧。"

"小学生？"

"听说仙儿姐有个弟弟，难不成是弟弟？"

"啊啊啊，羡慕死这个天使了！"

"天使儿开个麦。"夏春树说。

见图标点亮，夏春树这才和观众介绍："和大家介绍一下，这是天使儿，一个萌新。"

听到"萌新"二字，弹幕里又是一片哭天抢地，夏春树抬眼望去，全是"说好不带萌新玩儿呢"。

见季青临不说话，夏春树又说："天使儿和我的老婆们打个招呼呀。"

那头沉默了好久，然后——

"大家好。"

声音又低又哑，带着明显的疏离和不安。

直播间的观众们全沸腾了。

"天呀！男神音！"

"啊啊啊，这声音我服了，允许你和我老公一起玩儿。"

"天使音！"

"声如其名！"

这边的季青临看不到弹幕，在游戏里全程紧张地跟着夏春树。

夏春树调整了下坐姿，考虑到所带的人是个萌得不能再萌的新人，于是标记了一片无人的野地。

"仙儿姐：打野是胆小鬼干的事儿。"

"打野是胆小鬼才干的事儿！"

"打野是胆小鬼才干的事儿！"

弹幕全是在取笑她的，夏春树看着，并没有放在心上。她手上调整着降落伞的位置，说："你们不懂，我这是在给他们机会，只有最后活下来的才配和我一决雌雄。"

这句话说完，弹幕飘过一串："我就静静地看着你吹牛。"

房顶搜刮完后，夏春树下了二楼。这房子虽然不算富裕，可也不是那么贫穷，她捡起一把 SKS 和一把 M416 后，还剩下一把 UMP9。她走到窗前，发现那个傻小子还围着楼下的小房子转圈圈。

夏春树缄默一阵，不由开口："天使儿，你上来，我这里有把 UMP9。"

闻言，季青临操作键盘和鼠标向她所在房子的方向跑来。

只见屏幕上他的游戏角色对着矮墙跳了几下，夏春树隐约觉得这画面有些熟悉，忍不住说："你试试从那个缺口绕进来？"

季青临默不作声地绕了进来。

接着，季青临操控着人物颠颠地进屋上了楼。

见到人过来了，夏春树提醒着说："UMP9 在地上。"

季青临茫然地转了下视角："没有。"

夏春树拉近镜头，看着地上那把明晃晃的冲锋枪，又看着像傻子一样四处寻找的季青临，语气无奈："看你脚下。"

脚下……

季青临调了下角度，开口说："条纹衫、烟……烟雾弹。"

他弯腰把地上的条纹衫给人物换好，看着焕然一新的人物，薄唇吐出两个字："好看。"

然后他又脱了下来，丢到夏春树面前："你穿。"

她要怎么告诉他，他们玩的是《绝地求生》，而不是小公主换装的游戏，衣服的好看与否并不能决定比赛的输赢？

夏春树深吸两口气，等心情重新平复后，又一次提醒他拿枪："你先把地上那个 UMP9 捡了。"

说完她后退几步，静静地看着季青临。

他四处转了两圈，身子一蹲一起，就是没捡枪。

夏春树有些不耐烦："深蹲起？"

他不说话，好像有些委屈。

夏春树继续暴躁嘲讽："锻炼身体呢？"

他委屈巴巴："捡、捡不起……"

夏春树皱着眉，语气不耐烦："说话就说话，你结巴干啥呀。"

他突然沉默，然后名字变灰了。

夏春树有些蒙，这是什么情况，她也没说什么啊，怎么就让他下线了？

"难不成我伤害到他幼小的心灵了？"夏春树问，直播间一片"哈哈哈"。

算了，下就下吧，队友于她反正只是切斯特，这个天使队友可能连切斯特都不如。

凭着人道主义精神，夏春树等了他三分钟，见他还没有上线，便抬手丢了个手雷，然后翻窗而出。

　　"轰——"

　　屏幕上出现几个大字——队友误伤。

　　见此，弹幕开始疯狂刷同一句话"仙儿姐真是一个无情冷酷的杀手"。

　　她看了下地图，往中央位置标好点后，沿路找了辆摩托，向目的地开去。

　　就在此时，耳麦里传出一道声音："我死了？"

　　她手一抖，车一歪，直直撞在了路边树上，血被撞掉大半。

　　直播间的观众笑得更欢：

　　"哈哈哈，翻车现场。"

　　"惊不惊喜，意不意外？"

　　"哈哈哈，哈哈哈，我是新人，这个主播好玩儿，粉了粉了。"

　　"你怎么回来了？"夏春树尴尬地问。

　　季青临"死了"，他只好点了观战，见夏春树正趴在地上打药，他声音低低地说："人打你？"

　　夏春树把药打好，又喝了罐能量饮料后，再次跨上自己的小摩托，说："自己撞的。"

　　自己也能把自己撞掉血啊……

　　季青临觉得这游戏挺神奇的，看着她游戏里的背影，想了想，再次问："我死了？"

　　夏春树手又是一抖，脸上表情变得不自然起来，她清清嗓子，佯装无事："有人把你炸死的，放心，姐会帮你报仇的。"

季青临像个乖宝宝一样"哦"了一声，便再没说话，安静如鸡。

正当夏春树以为就此糊弄过去了时，耳麦里再次传来季青临的声音："直播间……"

夏春树等了半天，也没等到他的下文。

她小声提示："直播间？"

季青临："笑。"

夏春树："笑？"

季青临有些僵硬地说出一串数字："2333……"

夏春树忍住想要砸键盘的欲望，咬牙切齿地道："您老能一句话说完吗？"

沉默了一会儿，他声线微弱："2333不是……笑的意思吗？你，笑我，结巴。"

诡异地沉默了两秒后，夏春树把键盘一砸，惊愕道："你不会真是个结巴吧？"

他的声音又消失了。

夏春树心里不安，觉得自己做了件伤天害理的大事，就连直播间"护仙"的粉丝们都说夏春树丧心病狂，毫无人性。

她用手挠了挠头，不知如何是好。

正分神时，传来一阵脚步声，夏春树目光一凝，急忙下车跑到最近的山上，然后伏到地上。她的女性角色身材娇小，衣服与草丛颜色相近，容易藏匿不被察觉。

夏春树看了眼装备。由于她挑了个物资少的地方，还耽误了点时间，所以身上并没有多少装备，还好一把SKS装有消音，虽然倍镜是红点镜，但也不太妨碍。

夏春树弯腰躲避着敌方视野,边寻找着合适的作战地点,边问:"2V1,你们觉得凭我现在的装备,我会赢吗?"

问完后,直播间的观众开始和夏春树互动:

"嘿呀,仙儿姐竟然问我们她会不会赢。"

"惊了,仙儿姐一般不是都说她要不要放过对面吗?"

"这不是我的仙儿姐。"

"行吧。"夏春树挑了下嘴角,"搞这两个就发了。"

她打开倍镜,切到第一人称视角,瞥见了躲在不远处大树后面的玩家。

夏春树笑了下:"三级甲、98K,这快递挺富。"

夏春树把枪换成SKS,瞄准敌人头部,按下左键,"砰",敌方一枪倒地。

她又从容地瞄准往树后面移动的"三级甲",说:"等一下他队友。"

对方有所察觉,并没有急着跑出去救人,而是扔了个烟雾弹。一会儿后,四面烟雾缭绕。

她静静地听着脚步声,最后直接爬起向前方跑去,连按鼠标一记连发。

随后,屏幕上显示两个大字"2杀"。

烟雾散去,夏春树的人物趴在地面搜刮着敌方的物资,她的语气带着浓浓的骄傲:"高手从来都是盲打。"

弹幕:"仙儿姐厉害!"

季青临抿唇看着屏幕,目光闪烁。在看完夏春树的逆天操作后,他愈发觉得自己蠢笨,明明都玩的同一款游戏,明明都长了两只手，为什么……自己就是不如她呢？

夏春树以九杀的战绩进了决赛圈，因为是双人模式，决赛圈会比单人模式的更残酷，她要以一己之力来对抗其他队伍。现在还剩下五个人，除了她还有两对人马。

决赛圈在正中山丘上，夏春树转动视角看了眼位置。两边有几棵树和几块石头，夏春树小心地挪到最前面靠近石头的草丛里。

还剩三十秒缩圈，周围很是宁静。

"听过一句话吗？"夏春树一边说一边观察着四周，"地上苟一苟，活到九十九。"

"我们要先看他们打起来，然后坐收渔利。"夏春树是靠圈最近的，等毒圈快过来时，她开始打药，并且缓缓往前挪了下，一会儿后，枪声从身后传来。

看着逐渐递减的血条，夏春树心如死灰："凉了，被毒圈爸爸坐收渔利了。"

她身上只有三个急救包，一边跑毒一边打药是肯定是拼不过的，永远都拼不过的。

话音刚落，画面突然一变，电脑屏幕上的八个字显眼又漂亮——

"大吉大利，晚上吃鸡"。

夏春树怔了一下，一拍大腿："看吧！天选之人！"

开心完后，她才想起自己还带了一只一窍不通只会卖萌的"小菜鸡"，便和他说："心肝天使儿！我带你'吃鸡'了！开心不！"

"躺鸡"的季青临没有多开心，但是在看到视频里夏春树那感染力极强的笑容时，不由地跟着牵动了下嘴角。笑完，他便一脸落寞地垂下长睫，说："走了。"

夏春树冷静下来："不来了？"

"嗯。"他的声音听起来不太开心。

夏春树皱皱眉："你生气了？"

电脑屏幕那头的季青临忽地抬头，发出有些茫然的鼻音："嗯？"

夏春树接话："怪我把你炸死？"

炸死？

季青临歪歪头，眼神更是茫然。

"好吧。"她鼓了鼓腮帮，"我向你道歉，我以后再也不冲你开枪扔雷，我如果敢再杀队友，那我仙儿姐跟你姓！"

季青临眨眨眼："你不是说，别、别人炸的？"

夏春树愣了一下，然后反应过来。她关闭麦克风，冲直播间观众低吼："你们竟然没出卖我？"

被问话的观众在弹幕上说：

"笑话！仙儿粉从不出卖老公！"

"出卖你的都被房管叉出去了！"

"夸我们啊仙儿姐！"

夏春树冲着镜头吐了吐舌头："夸你们个棒槌！"

这简直就是翻车现场啊！

重新打开麦克风，夏春树心虚地道："我刚才开个玩笑。"

季青临抬眸望着屏幕，抿唇轻笑："嗯。"

夏春树怎么想怎么觉得不对劲，小心翼翼地问："你别告诉我你现在在看我直播。"

季青临：“嗯。”

嗯……

他说“嗯”！

只是一个字，夏春树便被彻底秒杀，她以头磕桌。这不是翻车现场，这是大型事故现场！更可恶的是，直播间的观众们都借此机会嘲讽着夏春树：

“哈哈哈，从没见过仙儿姐这么吃瘪的样子。”

“截图保存表情包了。”

“这个菜鸡我喜欢啊！”

夏春树不理会直播间里那些没良心的粉丝们，想着怎么着都要补偿一下天使，琢磨了一下，夏春树说：“今天不玩‘吃鸡’了，你平常玩儿什么游戏？我陪你。”

季青临顿了下，说：“公主换装。”

“公主换装……公主换装？”

夏春树以为自己听错了，用小拇指掏掏耳朵，说：“你看着我的眼睛说一遍，你平常玩什么玩意儿？”

季青临看着直播间里夏春树的眼睛，重新认真说了一遍：“公主换装。”

“呃……公主换装！”

她就说这个天使怎么如此钟情于“吃鸡”战场里的条纹衬衫！原来他内心还真住着一个可爱懵懂的小公主。

夏春树和季青临在 2166 玩了一个小时的联机版公主换装游戏后，她惊讶地发现直播间的观众人数竟然上涨到了七百万！她的直播间观众平常最多也就是六百万。

和天使说了声后，夏春树切出游戏页面，果不其然，自己上了首页榜第一、礼物榜第一、热度榜第一。

夏春树对着数据一阵默然，然后说："以后我要不都直播玩公主换装？"

观众在屏幕上回答着：

"没问题老板，好的老板。"

"比你玩吃鸡有意思多了。"

"比你唱歌更有意思。"

"相信我，仙儿姐你会开启新的直播频道，以后你会有个名字——'2166 游戏第一人'！"

"既然仙儿姐是直播玩公主换装的始祖，那就是……仙……仙祖？"

"先……先祖？"

夏春树微笑无语，她还没死呢，先祖个锤锤。

翻了个白眼，见时间差不多了，夏春树和天使说："方便给我一个你的微信号吗？你要是想打游戏可以联系我。"

一听夏春树和刚认识没多久的人要微信号，观众都跟疯了一样刷着弹幕评论，她对此视而不见，直接关掉直播，留着观众对黑掉的窗口傻眼。

微信号？

季青临挠挠头，心跳突然快了。

他连手机都没有，哪有什么微信。

见他沉默，夏春树就以为他不愿意，也没为难他，说："没事，我先下了，晚安。"

她正要摘下耳机，季青临急匆匆道："我加你。"

夏春树怔了下，给出一串数字。

季青临在心里默记一遍后，点头："好了，我、我加你。"

互道晚安后，夏春树的头像黑了，季青临对着电脑出神。

垂下的长睫颤了颤，他深吸一口气，站了起来。

季青临很高，也很瘦，脊梁微佝，站得像棵歪歪扭扭的树。他挪动步伐到了门前，手握在门把上，却半天没有动弹。

因为他正在思考一会儿的措辞。

"能给我买一部手机吗？"

这个不行。

"能帮我注册一个微信号吗？"

这个也不行，自己从来没有用过这种东西，他一定会问起原因。

"我想用手机玩公主换装。"

这个……应该可以吧？

应该吧……

季青临内心很不确定，他闭闭眼平复下紧张的心情，拧开了门把手。他一遍又一遍地在心里默念着一会儿要说的话，面无表情、目不转睛地向楼下书房走去。

距离他上一次离开卧室已过了三个月，别楼的摆设似乎变了，他注意到楼梯角落放了盆几乎要耸入房梁的盆栽，开得郁郁葱葱、茂盛张扬，却无端让季青临感到压抑。

"叩叩叩"，季青临敲响房门。

里面传来男人沉稳的声音："进来。"

季青临目光沉沉，听着那道声音却打了退堂鼓。

男人的声音带了丝丝试探："青临？"

季青临抿起唇，耷拉着脑袋进了书房。

书房正中的偌大的书桌前坐着一个男人，男人黑发微卷，五官俊雅，高挺的鼻梁上架着一副薄薄的金丝边眼镜。

季青临拧着衣角，垂敛的眸子盯着脚尖，满是局促不安。

"有什么事？"季渊然柔声问。

"我……"话到嘴边，季青临却说不出。

"我……"季青临咬紧牙关，紧张出了满头冷汗。

"青临，你可以写下来。"季渊然脸上挂着淡淡的笑，对他既包容又有耐心，"我这里有纸笔。"

季青临喉结滚动，疾步上前，在本子上写下了自己的话"我想要一部手机"。

他的字出奇的漂亮，落笔有力，收笔干净，没有丝毫多余的线条。

季渊然拉开抽屉，取出个小盒子，上前道："这是我之前给你买的，可你一直不要，于是我就帮你收着了。"

他将盒子打开，浅粉色的手机静静躺在里面。

季青临拿起手机，想了想，微张开嘴："谢谢小叔。"

说完，他小跑出办公室。

季渊然盯着他的背影出神，心里半是酸涩半是难过。

五年前哥嫂去世后，这个血亲的侄子就再也不乐意多说话，他患上了心理疾病，没日没夜地把自己关在阴暗无光的房间里，不和人接触，不与人交谈，陪伴他的只有油彩和画笔。他像是缩在泥土里的蝉，孤寂可怜。

季渊然叹了一口气。

直到半年前，他发现侄子房间里那台电脑有了动静，侄子每天都在看同一个人的直播。后来主播转做起游戏直播，侄子便没了动静。

回到房间后，季青临迫不及待地打开手机，然后点开微信图标，才发现季渊然已给他注册好了微信号。他把微信名改成游戏ID后，怀着紧张期待的心情查找到了夏春树的微信号，然后抱着手机躺在床上默默等待。

时间一分一秒地过去，夜的底子逐渐泛白。

早上八点，夏春树通过了好友申请。

一夜没合眼的季青临瞬间清醒，握着手机掂酌着打字。

Arios：“早上好。”

夏春树：“哇，天使儿好早。”

Arios：“嗯。”

夏春树：“我刚锻炼完身体回来，像我这个年纪的仙女儿要是不多加锻炼，会被剔除仙籍，没人喜欢的。”

季青临想了想，慢悠悠打字：“没人喜欢的话，我可以喜欢。”

结果这话还没发出去，夏春树就发来一条消息。

夏春树：“天使儿你起这么早，难不成也去锻炼了？”

季青临眨眨眼，把原来那句一个字一个字删除，继续慢悠悠用九宫格输入法打字："我没去锻炼。"

　　正要发送，又来了条消息。

　　夏春树："我要送我弟弟去学校了，拜拜。"

　　Arios："再见。"

　　对面没再回消息过来，季青临叹气，暗暗打定主意：决定了，我要练习打字！

　　心潮澎湃，毫无睡意，于是季青临暗搓搓地翻开了夏春树的朋友圈，然后看到——

　　因权限设置，您只能看她的前三条朋友圈。

　　被设置权限的季青临有些不开心，然后点开夏春树头像，也对她设置权限，最后放下手机，心满意足地睡了过去。

第二章
仙儿姐

"姐，我快迟到了。"

夏春生拎着书包站在门口，向楼上张望，表情里多少带着不耐烦。

"快了快了。"夏春树敷衍性地回复着弟弟，继续纠结今天的穿着。

她拧眉看着手上的两条裙子，左手上的玫红色连衣裙是香奈儿最新款，修身精致，还带着少女的粉嫩；右手上的是黑色阔腿连体衣，穿上显身高腿长，性感撩人。

见夏春树还在磨蹭，夏春生终于没了耐性，提高音量就是一吼："姐！"

"来了！"

夏春树咬咬牙，换上了那条连衣裙，稍微拨弄几下头发后，拎包下楼。

"走吧，我都弄好了。"

夏春生没动，眼神上下扫过她，像是发出一阵嗤笑："不到四月份，你穿这个不冷啊？"

见她露着赤条条的白胳膊、大长腿，想起外面冷冽的春风，夏春生突然觉得起了一身鸡皮疙瘩。

夏春树意味深长地道："你不懂。"

他是不懂，也不想懂。

夏春树把弟弟送到A大后，临时接到公司电话，公司让她上午过去一趟。没办法，原本准备去找朋友玩的她只能去了公司。

也许是星期一的原因，车库停得满满当当，剩余的停车位置用手指头都能数清。

虽然驾照拿了一年多，可夏春树对这出库入库就是不太熟练。她小心翼翼往位置里挪动，神情紧张，就怕不小心把身边的宝马、奥迪给蹭了。然而她再小心，还是出事儿了——

夏春树的车被卡住了。

车子半斜，往左移会蹭到奥迪，往右移会刮到宝马，往后夏春树更不敢，就怕刹不住车把两辆都蹭了。夏春树握着方向盘左右为难，好看的眉死死皱着，她觉得自己遇到了人生中最困难的选择。

都怪自己这车太大了，当初就不应该买越野，那两人座的微型车多好，小巧玲珑，还好停车。

在心里抱怨了一会儿，夏春树看到一辆黑色越野稳稳地停在身后，然后四个男生从里面下来。他们看起来二十出头，一个个都长得像挺拔的树。

最显眼的是从驾驶座出来的青年，一身灰黑色运动服，长手长脚，挺拔清隽。他正和同伴说笑，浓眉下的一双眯起的深邃眸子很是迷人。

夏春树开门下车，挡在了几人面前。

大男孩们可算是发现了夏春树，目光转移到她身上的那刻都愣了神。

在这春寒料峭的三月天里，她穿着一件单薄的无袖连衣裙，披着一头长卷发，妆容精致，细长的眉梢眼尾带着女儿家迷人的媚态。

真好看，比那电影明星还好看。

没见过啥市面的男孩子们全红了脸。

夏春树见惯了这种眼神，也没什么不好意思。

"能帮我停下车吗？我的车卡住了。"她被冻得声音哆嗦、鼻尖微红，衬着雪亮的眸子，更是生动美丽。

肖越往那边一扫，果然看到一辆停靠得歪歪扭扭的银色越野。

"越神，"同伴撞了撞肖越，"你去帮帮这个小姐姐吧。"

说完，同伴又看向夏春树，语气殷勤："小姐姐别着急，我们越神别的不会，就会停车。"

肖越睨了队友一眼，沉默半天。

一群见色眼开的臭小子。

肖越也不是没人情味的，虽然在心里吐槽，但还是上去把车给停好了。

夏春树对着几人连连道谢，看时间差不多了，踩着高跟鞋一路小跑进公司大楼。她前脚刚进去，肖越几人后脚就跟到大楼。

看着夏春树远去的背影，大虎冲前台搭话："刚才那个是这里的员工？"

前台小姐一边翻看访客记录，一边说："你们说仙儿姐呀？"

大虎挠挠头，有些不明白："仙儿姐？"

前台小姐："我刚来公司也不太了解，听说她是主播一姐，唱歌火的，现在做了游戏主播。"

大虎一听，来了兴趣："什么游戏。"

前台小姐回答说："《绝地求生》。"

听到这，几人一脸惊讶。

来不及多说，前台小姐就接到了上面回应，然后仰头冲几人说："赵总在十楼等你们。"

肖越拍了下大虎的后脑勺，说："走了。"

几人接连进入电梯，大虎有些惆怅："忘问 ID 了，回头我去搜搜，这年头直播'吃鸡'游戏的还真是少见。"

川子意味深长："也不是没有。"

几人齐齐一阵沉默。

叫夏春树来公司的是游戏直播版块的老大林月，算是夏春树的顶头上司，她是个四十多岁的女人，不苟言笑，严肃阴沉，做起事来也是雷厉风行，人倒是不错，对夏春树尤其照顾。

"你上个月的直播时间都没到。"

夏春树给自己倒了杯白开水，杯子捧在掌心，多少驱散了身体的寒意。

她脸不红心不跳地瞎扯："上个月我身体不适。"

林月用"我就静静地看着你瞎扯"的眼神看着她，说："你这个月必须把上个月的任务补足了，不然扣你这月工资。"

夏春树抿了口水，松松散散地往沙发上一坐："你把我叫来就是说这事儿的？"

"也不是。"林月将一份文件夹丢过去，"叫你来是为了这事儿。"

夏春树接过文件随手翻看，上面写的也没看进去多少。

林月："WY 战队知道吗？"

夏春树抬起头，问："就是那个刚成立没多久就在世界赛打出好成绩的战队？"

夏春树怎么说也是《绝地求生》的游戏主播，对一些赛事还是关注的。国内的《绝地求生》战队比不上国外专业，有的刚成立就撞了个"开门黄"，然后没多久就不了了之。而 WY 战队可谓是横空出世，里面寥寥几位成员都是新人，专业赛上也没见过他们的名字，他们的《绝地求生》平均游戏时间一千五百小时，还比不上夏春树。然而就是这样的新人战队，成了去年赛事上的黑马，更成了微博热议的话题人物。

林月点头："他们战队都签下了我们公司，公司想举办个欢迎赛。"

夏春树皱了下眉："啥意思？"

林月说："就是由你出面，和他们组队打一晚上游戏。"

作为狸猫 TV 的一姐，没有人比夏春树更适合打这个欢迎赛。

"成吧。"夏春树答应得干脆。毕竟只是组队，只要她不拖后腿就说得过去，而且能和话题人物捆绑在一起，对她的人气增长也有好处。

她看向林月："那什么时候开始？"

林月："具体时间再通知你，回头会让安萌把他们的联系方式给你，你们私下好好磨合磨合，别到了直播那天出岔子。"

夏春树点点头："嗯，我知道了。"

她正准备起身离开，又听林月说："还有，让你带的那个人怎么样了？"

夏春树稍加思考，才明白她说的是谁。夏春树笑了下："那个新人？"她清了下嗓子，学着天使儿说话结巴的样子，"白……白菜。"

她学得惟妙惟肖，让林月忍俊不禁。

玩儿够了，夏春树一秒变正经，伸手拍了下林月的肩膀："虽然真的白菜，但是你放心吧，我能承受得来。"她又加了一句，"毕竟，这年头还玩网页换装游戏的男孩子少见了。"

不，是稀世珍宝，人间罕见，她要好好珍惜才行。

晚上，夏春树准时开播。

刚登陆游戏，她就发现好友栏里的天使儿正在游戏中，她觉得稀奇，这天使儿难不成在偷偷练技术？正想着，对方已结束游戏。

夏春树快速把他拉到了房间，开麦问："你自己单排？"

对方清清冷冷回了一个字"嗯"。

夏春树更加好奇了，就他那点技术他竟然有胆子单排？她不由问："打得怎么样？"

耳麦里没了声音。

夏春树放软声音，小心翼翼地问："落地成盒了？"

落地成盒的意思就是玩家刚从飞机上跳伞下来，就被人击中淘汰了。所以也有人戏称这是一个跳伞游戏。

耳麦里半天没有响起他的声音，夏春树差不多明白发生什么了。

她叹了一口气，苦口婆心地安抚他："没事儿，我刚开始玩也把把落地成盒，现在打得别人叫我'老大'，你以后也会很厉害的，不要灰心，你要相信自己是最棒的。"

这话刚说完，耳机里就传来他清冷又委屈巴巴的低哑嗓音："没落地……"

夏春树哑然。

他更加委屈："就成盒了！"

夏春树倒吸一口凉气，惊讶得瞪大眼睛："你不会是在降落的时候被人打死了吧？"

"嗯。"他说，"我落得很慢。"

夏春树更加哑然。她曾听说过有人在半空中被人打死，要说见吧，今天还是第一次见；要说心疼吧，也有点，但更多的是想笑。顾虑到天使那脆弱的心脏，夏春树并没有直接笑出来，倒是直播间的观众们"哈哈"地笑倒了一片。

夏春树瞥见那满屏幕的"哈哈哈"，抬手暂时关闭麦克风，朝摄像头凶狠一瞪："严肃点，别笑。"

夏春树一边说，一边把直播间的标题改成了"惊！队友半空被'打鸟'，究竟是道德的沦丧，还是人性的扭曲"。

夏春树的骚操作让粉丝们笑作一团，屏幕很快被厚重的弹幕遮盖。

"好的，我们严肃，不笑。"

"哈哈哈，今天第一次见被'打鸟'的，哈哈哈。"

"前面的还在笑，仙儿姐都说了严肃点。"

"没让天使保存视频吗？我想看，哈哈哈。"

"说着，仙儿姐改了她直播间的标题。"

"仙儿姐：皮这一下我就很开心。"

改完标题，夏春树重开语音，清了清嗓子安抚说："没事的天使，现在'神仙'那么多，你肯定遇到的是'神仙'。"

突然出现的"神仙"让季青临一阵茫然，他很快反应过来，结结巴巴地说："我、我不迷信。"

他的单纯和认真再次让观众刷起"哈哈哈"。

夏春树深深觉得自己前路难行，她深吸一口气，耐着性子解释："这个'神仙'和你那个神仙不是一个神仙，懂吧？"

季青临沉默一阵，说："不懂。"

夏春树脑壳更疼了，继续解释："神仙的意思就是游戏里开外挂的，你知道外挂什么意思吧？"

她得到一阵茫然的沉默。

得了，看这样子他也不懂，不过没关系，残酷的绝地战场马上会让天使见识到外挂神仙的可怕。

夏春树舒展了一下腰身和手指，点击进入游戏，冲季青临豪迈地喊了一嗓子："走吧，姐姐今天带你吃鸡。"

季青临咬咬手指头，盯着屏幕，"好。"然后，"姐姐。"

他这声"姐姐"叫得很低、极软，顿时让直播间的老阿姨沸腾了。不单单是老阿姨沸腾了，就连夏春树都有些没把持住。她那个愚蠢高冷的弟弟心情好了叫她一声"姐"，不然都是"夏春树、夏春树"地叫，叫"姐姐"的情况屈指可数。

夏春树突然感觉有点幸福，这天使虽然手残、菜鸡、小结巴，可又乖又懂事。

她忍不住感叹："你要是我弟弟就好了。"想起夏春生那德行，她叹道，"我那弟弟，除了会做饭，一无是处。"

话音刚落，夏春树看到直播间齐齐飘过弹幕。

"仙儿姐，你后面有人。"

"天啊！我透过这双大长腿看到了弟弟的本质！"

"啊啊啊，腰好细！我竟然隐隐约约看到了腹肌。"

"仙儿姐，你弟弟来了。"

夏春树撇撇嘴，正准备和观众说"你们别驴我"，就看到电脑屏幕倒映出的一道修长的身影，紧接着，后面传来夏春生的声音——

"那这个拔丝苹果你别吃了。"

夏春生冷哼一声，端着盘子离开房间。

夏春树坐在电竞椅上，对着百万观众无比尴尬。

凉了，翻车现场，惨不忍睹，更惨不忍睹的是还被百万观众看到了。

"没事。"夏春树很快调整过来，冲直播间的观众们笑笑，

"他一会儿又会进来的。"

果不其然，没过一会儿，夏春生再次进屋，这次他带来的除了拔丝苹果，还多了一杯鲜榨的苹果汁。

夏春生眉眼冷冷地将东西放在桌上。镜头里，他的手指修长，皮肤白得和夏春树如出一辙。

弹幕齐齐感叹弟弟的美手，又各种撒泼打滚想看弟弟露脸。

夏春树睫毛一颤，扭头看向夏春生："我老婆们想看你露脸。"

夏春生垂着眼睑，淡漠地道："算了，我怕你老婆改跟我姓。"

夏春树毫不犹豫地说："那还不是姓夏。"

夏春生眼睑低垂，声线清冷："那有本质上的差别。"

夏春树一琢磨，发现的确是有本质上的差别。

"对了！"夏春生敲了敲桌子，冲夏春树摊开手掌，"这个月伺候你的保姆费，该给我了。"

就说这小子突然过来给她送好吃的没好事。

夏春树一边看着游戏屏幕，一边漫不经心地说："知道了，回头用微信转你。"

"嗯。"他转身走了几步，又回头说，"你只会做饭、一无是处的弟弟马上要去参加校外活动了，离开一周。给你在冰箱屯好泡面了，你最喜欢的老坛酸菜口味的。"

听他这样说，夏春树的心立马沉了。她上一辈子一定是造孽了！不然不会有这么一个小心眼的弟弟！

夏春树狠狠攥着鼠标，赌气地朝他的背影说："说得谁不会做饭一样。"

她回过头看着游戏里的角色人物，这才想起被自己忽略已久的天使，立马放软声线："耽误了一点时间，这把肯定带你'吃鸡'。"

季青临没说话，只是开始考虑：做饭到底难不难？

也许是因为弟弟，也许是因为天使，夏春树直播间的人气已上涨到将近八百万，毫无悬念，她又会是这个月的人气王。

看着那不断上涨的观众人数，夏春树琢磨了一下，准备带天使玩个大的。

准备时间过后，她直接在机场标记位置。

快跳伞时，夏春树和天使说："按住 W 键，视角向下，会加快落地。机场人会很多，你跟在我身边就好。"

她很是不放心地嘱咐着。

季青临的脸上写满了紧张，好半天才想起回应夏春树："好。"

落地后，季青临捡了一把霰弹枪。这枪又名"喷子"，近战可以一枪秒杀敌人。

拿好枪后，季青临找了个小房子往角落里一蹲，再也不动弹了。

他很怕出去后被人打死，也怕抢了夏春树的物资、拖她的后腿，万一……敌方抓住自己当人质怎么办？

季青临知道自己很笨，所以他唯一能做的就是小心谨慎，尽量不拖累夏春树。

夏春树搜刮了一圈，回头一看，季青临还蹲在那一动不动，她把枪口对准季青临，忍不住说："你玩'一二三木头人'呢？"

季青临由蹲着改为趴着，道："我怕。"

夏春树很蒙："怕啥？"

季青临："被抓。"

夏春树眼角狠狠一抽："你不会以为他们会抓你当人质吧？"

季青临没说话，算是默认。

夏春树笑出了声："恕我直言，你的担忧是多余的。你现在要是再不起来，我就用手榴弹炸死你。"

一听这话，季青临不情不愿地从地上爬了起来。

夏春树调动视角，看到一人从眼前楼下跑过，她盲狙一枪，对方瞬间倒地。她摇摇手腕，觉得今天的手感格外不错。

夏春树低头检查着物资，平静的声音中透着些许傲然："有我在，没人敢动你。"

季青临："哦。"

夏春树挑挑眉："怎么，不相信我？"

"不是。"季青临抿抿唇，"我、我不相信我自己。"

他刚才压根没看到人在哪儿，夏春树就把人一枪爆头了，这么厉害一个人，怎么就摊上他这么个队友了？想起自己今天玩儿五把落地成盒五把的场面，季青临不禁陷入自我厌弃状态。

此时毒圈已经要缩了，每到缩圈，不管哪里都会是修罗场，机场更不例外。

夏春树带着季青临从边缘往里绕去，开启自动跑步后，旋转鼠标看着周遭。她的动态视力十分优秀，反应速度和预判能力更能媲美专业选手，在跑圈的这段过程里，夏春树已狙了五个人。

弹幕全是"666"，情况看起来非常顺利。

两人已到圈内，狙死一个一起跑进来的敌人后，夏春树趴在就近的石头后。她如今这种行为在游戏中被称作"伏地魔"，以前她最讨厌的就是这种伏地玩家，见一个就打一个，结果现在……

"你趴在前面那个草丛里。"夏春树指挥着季青临，余光一瞥，却发现对方还戴着绿油油的帽子，再往下，夏春树对着他身上的喷子和一级背包陷入沉默。

夏春树努力压抑着自己，深吸两口气尝试着让自己冷静，她小声问："我刚才杀了那么多人，你什么都没有捡？"

季青临委屈兮兮："没有。"

他都不敢出去，哪里还敢捡东西，更重要的一点是，他不会，也不知道捡什么。

夏春树张张嘴，半天没发出声音，闭了闭眼再次冷静，沉声命令："你现在去舔包。"

季青临紧张兮兮："怎、怎么舔？"

对了，他玩这游戏从来没打中过人，自然不知道什么是"舔包"。

夏春树把季青临领到盒子面前，说："人死了会变成盒子，你把盒子里的东西拿了。他的三级头还没坏，你把三级头换上。"

季青临没动弹。

夏春树瞬间意会他不知道如何操作，继续耐心解释："按Tab键拖过去。"

终于，季青临开始动弹了，他磨磨蹭蹭捡了半天后，小声说："装、装不下了。"

夏春树终于开始不耐烦了，正在观看直播的观众都急得想冲进去把东西塞在他背包里。

夏春树上前用鼠标查看着盒子，发现季青临挑挑拣拣大半天，就是没捡有用的。再看他拿的都是什么绷带、烟雾弹，甚至还有几发用不着的霰弹枪子弹。

她说："你不用捡那么多绷带，急救包、医疗箱全拿了，绷带丢一部分，你装六十六个绷带是要吃吗？"

季青临："帮你拿。"

夏春树控制不住地怒吼："我不需要！"

谁身上会装六十六个绷带啊！是要打到天荒地老吗？

夏春树继续查看，再次崩溃："还有手枪子弹全给我丢掉，把 5.56 的子弹捡起来，那是你背的 M416 需要的子弹，你没发现你现在的枪是空弹吗？地上还有个四倍瞄准镜，也捡了。"

季青临不敢回嘴，乖乖巧巧拿着东西。

这么长时间耽误下来，夏春树发现下个圈马上要缩了，她顿时坐不住了："捡完了吗？"

他说："完了。"

夏春树拖过去一看，沉默了。

她瞪大眼再次咆哮："你那个十字弩哪儿来的？为什么要把四倍镜安在十字弩上？我不是让你拿枪了吗！"

夏春树以头磕桌，怀疑人生：世界上这么会有这么笨的人？

就是这么一愣神的功夫，夏春树被敌人用 98K 一枪爆头。

此时毒圈已经过来，夏春树放弃挣扎，悠悠叹气："前面有辆车，你放个烟雾弹，开车跑吧。"

季青临抿抿唇，知道人是救不了了，也没强求，丢了几个烟雾弹后坐车逃离，然后他清楚地看到躲在前方小山丘上的三个人。

想到变成盒子的夏春树，季青临突然涌出万千勇气。他深吸一口气，按下加速键，歪歪扭扭地向那三人撞去。

正在喝水的夏春树看到这一幕差点呛到，她瞪大眼睛，抹了下嘴巴，激动道："撞过去！天使儿我相信你！"

撞过去！

季青临目不转睛，神色肃穆，手上操控皮卡车，以 S 型的蛇皮走位巧妙地避开三人，最后打了个九十度的旋转停在中间，接着，皮卡车又以 W 型走位后退，再次巧妙避开纹丝未动的三人。

他怔了下，准备再接再厉，然而对方没再给他炫技的机会，用乱枪将之斩于车下。

"砰！"

季青临的游戏角色瞬间死亡。

全部语音已开，对面发出嘲笑。

敌方 A："车技不错啊，小伙子。"

敌方 B："秋名山来的吧。"

敌方看了眼他的 ID，注意到名字和《堕天使高达》一样后，笑得更大声："怪不得车技这么好，原来是开高达出来的。"

季青临脸上臊红，嗫嚅道："我……想报仇。"

夏春树面无表情："你别说话。"

季青临结结巴巴："我真的……想报仇……"

夏春树继续面无表情："我想静静。"

夏春树万万没想到，这次的成盒过程上了热搜，望着"仙儿姐带菜吃鸡不幸翻车"的话题，她不禁陷入沉默，她觉得有必要在微博澄清，不能让粉丝误会。

是仙女呀："今晚如果不带天使'吃鸡'，我直播猫耳装。"

这条微博发完后，很快有了评论：

"完了，这猫你是装定了。"

"哈哈哈，仙儿姐快点直播，你承包了我一天的笑点。"

"那个……仙儿姐你能给我你弟弟的微信号吗？我掐指一算，你缺个弟媳。"

"前面的果真厚颜无耻。"

这条微博刚发完，夏春树就收到安萌发来的微信信息"给你他们队长的号，你加一下"。

夏春树这才想起自己过几天和 WY 战队有比赛。夏春树申请好友后，对方很快通过了，然后夏春树被拉到一个名叫"越神一人养全家"的微信小群。

夏春树刚进去，数条消息接二连三跳了出来。

龙尚虎（Tigger）："仙儿姐！欢迎仙儿姐，自我介绍一下，ID 即名字，叫我大虎就好。"

盘川（immortal）："仙儿姐好！"

昌安（Sakura）："仙儿姐好，久仰久仰。"

刘世航（OGOD）："欢迎仙儿姐，我们群终于有女孩子了，流下了感动的泪水。"

肖越（oldV）："仙儿姐好，他们有些激动，你不要在意。"

夏春树点点头，她已经看出来了。

她向几人打了招呼："大家好！"

龙尚虎（Tigger）："我们昨天看仙儿姐直播了，盲狙厉害啊，预判666。"

今天也要喊越神爸爸："我是刘世航，既然仙儿姐记住我们了，我就先改了，不然总觉得傻乎乎的。"

夏春树无语。

这个 ID 明明更傻乎乎的好不好。

肖越："公司的意思是下周六晚七点直播，我们现在去磨合一下？"

夏春树："我还没打过四人模式，等我今天去了解一下然后和越神一起，怎么样？"

肖越："没关系，我也很菜，到时候别嫌弃。"

夏春树把所有的吐槽欲望都化作了一串省略号发了上去，其他成员见了，也跟着发了几行省略号。

肖越："实话实说。"

看到这四个字，群里瞬间变得安静了，一群人就静静看他装。

"说这话您不心虚啊？"就近的大虎侧头看着肖越，发现男人眉眼坦然，没任何心虚的意思。

"我这几天都在看仙儿姐直播。"队里比较成熟稳重的昌安滚动着鼠标，说，"她打得挺凶，狙法和越神差不多。"

肖越挑眉，来了兴致："嗯？"

昌安："快、准、狠。"他顿了下，"还不要脸。"

肖越勾勾唇，语气淡淡："一会儿 Solo（单排），让你再见识一下我的不要脸。"

昌安发出哀号，脑袋重重撞上了一边的大虎，大虎嫌弃地往边上一躲，两个人闹成一团。

肖越笑着看几个队友，无奈地摇摇头，上狸猫 TV 搜了夏春树的房间号。上面显示主播正在休息，肖越直接点开了夏春树的过往视频。

他发现她几乎都是单排，也许是为了节目效果，也许是为了刺激，她每次跳的地方都是机场、防空洞等凶险之地。

肖越默不作声地看了几分钟，盘川的脑袋凑了过来，盯着屏幕里的夏春树说："啧，操作好看，脸更好看，不当明星可惜了。"

肖越垂眸扫去，女人长卷发、白皮肤，眉眼里自带慵懒的媚态，饶是他也要感叹一句"美艳不可方物"。那天在停车场见面时，他还真以为她是哪个明星，结果万万没想到她是游戏主播，还是技术流主播。

肖越不动声色地错开视线，继续看着视频，说："她这 AWM 使得不错，压得很稳。"

AWM 是《绝地求生》里的怪物大狙，仅在空投时随机产出，被玩家称之为"空投梦想"。AWM 的伤害极高，威力极强，是游戏里唯一一把能远程秒掉三级头的武器。然而，因为其极高的操作难度和过大的后坐力，一般人并不会选择它。

肖越难得夸人，昌安不禁有些意外。

下一秒，肖越关闭了直播，起身伸了个懒腰，道："去联系青训队的，一起做个训练。"

一听要折磨青训队那几个小新人，昌安的语气都轻快不少：

"好嘞。"

夏春树是不想穿着猫耳装给他们卖萌"喵喵"叫的，于是直播前急忙用微信联系了天使。

夏春树："天使儿，今晚我们四排怎么样？"

三打九十六比一打九十八要稳当得多。

天使："好，你、你、你说、说什么，就是什么。"

夏春树沉默了几秒，说："哥们儿，我听说过说话结巴的，没听说过打字也结巴的。"

天使："对、对不起。"

天使："我就是……紧张。"

夏春树："你紧张什么？"

天使："和你说话，紧张。"

夏春树："我又不会吃了你。"

季青临叹了一口气，伸手抚了抚狂跳的心脏，慢悠悠打字说："我不想当你弟弟。"

这句意味不明的话让夏春树茫然了，她发过去一个省略号。

他没再回复，关闭了微信。

晚上，直播时间一到，房间涌入大量看好戏的观众。

"仙儿姐，猫耳装可以穿黑色的吗？"

"我觉得白色比较好。"

"红色的吧，红色才能配得上我们仙女。"

夏春树努努嘴："你们就这么笃定我吃不了鸡？"

弹幕齐刷刷一片："鸡毛是可以有的。"

夏春树心里也有些紧张了。她刚接触这个游戏时，也和陌生人组过几次队，因为手残、小白，又是女性，她没少被队友鄙视嘲讽，要不就是各种男玩家强行在她面前耍帅，完事后还骚扰她要联系方式。那几次的四排经历给夏春树幼小的心灵带来了巨大伤害，从此以后她就成了单排王。

　　深吸一口气后，夏春树点了四排模式，开始游戏。

　　作为单排大佬，夏春树四排的情况屈指可数，见此，粉丝们都惊了，开始在直播间咆哮："惊，仙儿姐四排了！"

　　"你们懂什么？"夏春树一副无赖相，"我这叫变通。"

　　进入素质广场，队友栏多了两个路人。

　　因为是四排，原本就不善交际的季青临紧张得全身冷汗，更别提说话，他就连大气也不敢出一下。

　　那两个路人一个叫"duiyoutadie"，一个叫"tuijian98K"，看到这两个 ID，夏春树当下对两人没了好感。

　　注意到夏春树的性别，一个队友用粗犷的男音说："二号这是在带妹子玩？"

　　他说的是季青临。

　　季青临张张嘴，没发出声音。

　　另一道不太标准的普通话插了进来："带妹就去玩双排啊，玩什么四排。"

　　"我们跳我们的，别管情侣狗组队。"

　　夏春树抿着唇不说话，她果真又遇到奇葩了。

　　夏春树关闭队内语音，和直播间的观众说："商量一下，我改穿男装怎么样？"

观众齐齐在弹幕说道：

"男装有什么好看的，不要。"

"制服猫耳装我可以考虑。"

"稳了稳了，我已经做好截图准备了。"

"我已经准备录制视频上传B站了。"

夏春树暗道：一群没良心的。

倒计时过后，夏春树拿起手机，低头给天使儿发送消息："不用管他们。"

天使："嗯。"

夏春树放下手机，注意力重新回到游戏上。她看了眼地图，决定跳这人满为患的G城。那两个队友显然抱着同样的想法，他们一直在咋咋呼呼地说着话，像是说方言，夏春树一个字都没听懂。

见夏春树带着季青临跳了G城，两人明显嗤笑了一下。

夏春树转动视角，目测了一下，几乎有三队的人降落在这里，她操控视角，稳稳当当地落在了房顶。

三号和夏春树一起落地，比她先一步捡了M416。

夏春树见了，扭头去拿身旁的98K，然而就在这时，四号抢先一步拿了98K。捡完后，四号嘲弄道："你一个女孩子用什么98K，你会用吗？"说着，他把十字弩卸下，丢到了夏春树脚边，"我的给你。"

毫无疑问，他这个行为让直播间的脑残粉们都炸了："惊了，他们不认识仙儿姐的ID吗？"

夏春树有大大小小七八个号，现在玩的这个号是大号，稍微关注过《绝地求生》的人都知道她，如今这两人不认识仙儿姐，倒是让粉丝们震惊了一下，毕竟他们觉得仙儿姐天下第一，再听对方语气嚣张，粉丝们一时间连猫耳装都不想看了，就想看仙儿姐狠狠打这两个人的脸。

"竟然问我仙儿姐会不会用98K？"

"性别歧视啊。"

"看得好气哦！仙儿姐我们不看你穿猫耳装了！"

"对！我要看你带这两个垃圾吃鸡！"

弹幕让夏春树郁闷的心情有所缓解，她弯腰捡起了十字弩，说："不巧，我就喜欢弩。"

那个人笑了下："箭袋也给你。"

夏春树装好配件。很少有玩家愿意用十字弩，它虽然伤害超高，可有射程近、容错率低、装有倍镜会摇晃等缺点。然而，在夏春树看来，自带消音的十字弩是低配版的AWM。

WY战队刚好在看夏春树直播，见她拿了弩，齐齐用微信骚扰她。

虎子不想被龙上："仙儿姐加油！一把弓弩闯天下，我正让青训队的看你直播，别给组织丢脸啊。"

夏春树笑了下，回复说："一定的。"

说着，她反手给了楼下敌人一弩，敌人当场毙命。

此操作顿时惊呆了两个路人，不过，他们只有短暂讶异，也没多想，权当是巧合。

几人快速搜刮完两边大楼，身上已是三级头、三级甲，还有一把满配M416，而那把弩夏春树依旧没卸下。

季青临今天很是沉默，随便捡了点东西就藏在房间的角落里，静静地等候着夏春树的指令。

手拿十字弩的夏春树一改往日的风格，只要听到脚步声就循声而去，伺机偷袭，凡是被她抓住的人，就只有死路一条。

她这一手弩秀得人眼花缭乱、头皮发麻，粉丝们瞬间疯狂了。

"我仙儿姐帅呆了。"

"这下子那两个人不说话了吧。"

"恕我直言，那个拿到98K的目前为止只有一个人头。"

"哈哈哈，真以为98K厉害，自己拿了也变厉害了。"

"仙儿姐厉害！"

正在此时，耳麦里传出队友的一阵嗤笑："开挂了吧？"

另一个人："开挂的废物。"

"开挂耍帅谁不会啊，挂狗。"

两人你一言我一语，夹杂着各种难堪的话语，疯狂辱骂夏春树。

她不是喜欢逞口舌之快的人，虽然两人骂得难听，但是她并不生气，只是觉得有趣，现在有的男人总会为自己的"菜"找借口。

夏春树自嘲一笑："我竟然也有被说开挂的一天。"

说完，夏春树把直播间的标题改成了"仙儿姐教你如何开挂：十字弩百步杀一人"。

"仙儿姐说'嗨呀，皮这一下我就很开心'。"

"哈哈哈，皮皮仙上线。"

"哈哈哈，我宁愿信越神开挂，都不信仙儿姐开挂。"

最后那条弹幕被大虎截图发到微信群。

虎子不想被龙上："@肖越，越神，有人说你开挂。"

肖越："是啊，我就喜欢开挂杀队友。"

那话一出现，整群沉默。

"毒要来了，天使儿，我们要走了。"夏春树就近顺了辆车，找到季青临后，将车停在了他面前。

同时，那两人向前面的小摩托跑去。

季青临抱枪出来，却并没有直接上车，反而到了摩托车前，对着摩托的轮胎就是两枪。

两人僵在原地。

"二号，你故意的吧？"

"智障？"

季青临跑到副驾驶座，才清冷淡漠地回了两个字："走火。"

沉默三秒后，二人爆发：

"骗谁呢？出去就举报你。"

"小白脸被女挂带，你也不害臊。"

两人正骂着，没注意夏春树从车上下来。她拿出 M416，毫不留情地对着两人一顿扫射。

看着倒地成盒的两人，夏春树重回车上，淡淡的两个字深藏功与名："走吧。"

车子开了一段路，夏春树分神在微信打字："你做得很好。"

季青临的目光停留在屏幕上，黑色字体看着冰冰冷冷，却无端让他觉得心里暖烘烘的。他抿唇腼腆地笑着，重新将注意力转移到了电脑上。

像是成心给夏春树找不痛快一样，那两人并没有走，继续骂骂咧咧。这样的态度成功触怒了夏春树直播间的粉丝。

"已记住这两人 ID，以后遇见一次打一次。"

"这两位大兄弟恐怕不知道自己惹了谁。"

"只有我觉得刚才的天使儿好撩吗？"

"前面你别走，我也觉得天使儿好撩！"

★

第三章

惊不惊喜，
意不意外

进了决赛圈，那两个人虽然死了但是并未退出游戏，他们你
一句我一句不带重复花样地骂人。

夏春树一边看着周围，一边说："死者能保持安静吗？"

她眼神冷厉："看在我这个挂将要带你们吃鸡的份上，请你
们闭上那尊贵的臭嘴。"

话音落下，顿时安静。

夏春树深吸一口气，专心投入到游戏里，她在刚才已经把弩
换成了舔包得来的98K。她不想在这场游戏继续投入时间，直接
绕到高地，抓一个狙一个，打法应了昌安所说的快、准、狠。

现在决赛圈还剩下一个人，夏春树一时半会找不到那人踪迹，
看着苟在不远处的天使，突然计上心来。

"天使儿，想吃鸡吗？"

天使："想。"

"我想到一个办法……"

"我懂。"

七窍玲珑心的季青临哪里不知道夏春树的意思，他当下站了起来，背影颇有英勇就义的英雄之风。真的，那一刻，他的身影让夏春树眼眶泛红："天使儿，我会记住你的。"

直播间的观众："天使儿我们都会记住你的！"

直播间的评论："仙儿姐你简直不是人！"

季青临站起来对着四处一阵盲打，对面刚开始还能沉得住气，最后彻底蹲不住，露出了狐狸尾巴。

在季青临倒地的同时，夏春树将敌人一枪爆头。

屏幕上浮现八个大字"大吉大利，晚上吃鸡"。

夏春树甩了甩发麻的手，脸上不禁露出笑容来："太好了，我不用穿猫耳装了。"

休息了几分钟，夏春树和季青临说："走吧，我们再四排一把，我有预感，这次的队友肯定是心肝儿宝贝小天使。"

两人重新进入四排，夏春树对着那两个熟悉的 ID 陷入沉默。

怎么又是这俩？没完没了了吧！

没等他们说话，夏春树的耳机里就传来混乱嘈杂的激动声音——

"仙儿姐！"

不知是谁这么一开口，顿时，闲聊的、打广告的语音包全停了。

立即有人问道："仙儿姐？哪儿呢？"

广场上的玩家大半激动起来，嚷嚷道："哪有仙儿姐，你别骗我。"

"我身边呢！"那个人激动地说，"我手机正开着仙儿姐的直播，要不是看到自己，还真以为看错了。"

那人说话间，屏幕里一个穿着大裤衩的男性人物跑到夏春树面前，先对她挥挥手打了个招呼，又左右晃了晃脑袋。

"我去看了眼直播，真的是仙儿姐！"

越来越多的人围了过来，对着夏春树的游戏人物一顿拳打脚踢，毫不客气。

一个人笑着说："仙儿姐跳机场，正面PK啊！"

夏春树开了麦："不跳，我转行打野了。"

听到夏春树的声音，一群人都兴奋了。

"相逢即是缘啊，仙儿姐要不要给我签个名？"

"前面的你清醒一点！你玩的是网络游戏，不是面对面见爱豆！"

一群人叽叽喳喳、七嘴八舌地说着，让夏春树的队友蒙了，他困惑地问："仙儿姐谁啊？"

玩家A暴躁道："仙儿姐你都不知道？你快滚去玩消消乐吧。"

玩家B倒是很好心地说："打开百度搜一下。"

队友没了声音，想必真去搜了，紧接着，那两人的名字变成灰色。

"哈哈哈，吓跑了。"

"记住ID了吗？兄弟们！"

"哈哈哈，跑了是最骚的。"

"活该，两个垃圾。"

"天使儿你想去哪儿？我跟着你跳。"

听到夏春树在叫自己，季青临从恍惚中回神。

"哪里都可以？"

"嗯，哪里都可以。"

"那……"季青临小心翼翼地把黄点标记在海景房处，低低的声音带着不易觉察的害羞，"我们……去看海。"

看海？

夏春树笑了，这小子还挺浪漫的。

她打开降落伞，一边下落一边看着季青临那边的情况。望着飘得越来越远的季青临，夏春树沉默了一会儿，说："天使儿，你这不是去看海，你这是跳海啊。"

"啊呀，"他发出一阵惊呼，"没楼了！"

夏春树翻了个白眼，他都随风飘到大海中央了，有楼才怪！

夏春树按捺住想吐槽他的欲望，说："你看看有没有船，没有的话游过来好了。

一听这话，粉丝们憋不住了：

"哈哈哈，哈哈哈，天使儿果真是个小白。"

"哈哈哈，和仙儿姐隔了十万八千里，怎么可能游过来。"

季青临听话地左右转动着视角，望着苍茫大海一片茫然，他小声嘟囔："没船。"

夏春树进了房间，一边搜刮一边问："那有什么？"

季青临："水。"

夏春树："除了水呢？"

季青临："海。"

这不是废话吗？海里除了水能有啥？仔细想想，自己问的问题也是废话。

"那你游过来吧。"夏春树看了眼地图，"我觉得来得及。"

于是，夏春树搜枪时他在游泳，夏春树拿下第一个人头时他还在游泳，夏春树拿下第三个人头时他继续游泳。

眼看毒圈要过来了，她惊讶地发现季青临还在大海里。

夏春树彻底没了脾气，语气半是无奈半是好笑："哥，你干吗呢？"

季青临："我比你小。"

夏春树无奈："弟弟，毒要过来了。"

他委屈兮兮："迷路了。"

夏春树按M键打开地图，看到他还在原地转悠，不由道："你跟着白色虚线就能过来，怎么可能会迷路？"

季青临四处找了一圈也没找到她口中的虚线，于是老老实实说："没有，你、你是不是弄错了？"

她弄错了？

他竟然说她弄错了？

此时此刻，夏春树突然觉得自己带的不是小白，而是一个祖宗。

看出她的暴躁后，热情的粉丝朋友们开始用弹幕安抚——

"仙儿姐，冷静冷静。"

"哈哈哈，我笑得脸都烂了。"

"哈哈哈，哈哈哈，哈哈哈，愚蠢之中透着可爱。"

最终，在水里游了半天的季青临死于毒圈，他把双手从键盘上放下，切出游戏，把画面转到夏春树的直播间，屏幕下方的女人看起来异常沉默。

睫毛抖了抖，他小心翼翼地说："对不起！"

放在键盘上的手一顿，夏春树很快反应过来，继续操控着游戏角色，表情写满漫不经心："干吗道歉？"

他抿唇，语气小心又带着浅浅的愧疚："我笨。"

其实季青临都会在晚上偷偷练手，可是他对游戏一窍不通，玩了一晚上，存活最长时间是十分钟。他每次都死于各种他杀和自杀，不是还没看到人就被打死了，就是看到人没来得及反应就被打死了，还有跑错路被毒死、开车把自己撞死、丢手榴弹把自己炸死等神奇的死法。

夏春树目光微闪，听着那两个字和他绵长的呼吸，她似乎看到一个坐在电脑前满是委屈和小心翼翼的瘦弱青年。她的心立马软了，所有火气顿失。

夏春树撇撇嘴："你知道就好。"

季青临下巴紧绷，眼眶泛红："你别、别嫌弃我，可以吗？"

他能忍受队友说他"菜"，也能接受别人对他的不喜欢。可是他好不容易才接近了夏春树一点点，不想让这个女孩讨厌他。

全世界厌弃他都没关系，只有夏春树，他做不到不在乎。

听着他的哭腔，正瞄着敌人的夏春树手一抖，射歪了。

她深吸一口气，弯腰跑到另一块掩体下，声音有些慌："你不会哭了吧？"

季青临眨眨眼，强行把眼泪憋了回去，他抽出纸巾擦了擦红红的鼻子，说："没。"

夏春树松了一口气："你放心，我不嫌弃你。"

她稍微动动脑子就知道天使儿不是一般人，说不定是他们老板的儿子，给她十个胆儿她都不敢嫌弃。

怕他还是想不开，夏春树放软声音，继续安抚："乖，我带你'吃鸡'。"

话音刚落，夏春树就听到脚步声从四面八方传来，她打开倍镜一看，顿时被眼前的情况惊到，她瞪大眼、张开嘴，一句脏话脱口而出。

一、二、三、四……

保守估计，十五个人是有的。

夏春树被吓到变焦，忍不住问："这什么情况？"

"喂喂喂！"全部语音频道传来了说话声，"仙儿姐我看到你了，你已经被包围了。"

躲在石头后面的夏春树满脸问号。接着，耳麦里又多出一个陌生的声音，听起来很是开心激动："仙儿姐，缴枪不杀！"

十几个人从四面八方而来，形成一个圆形的包围圈，枪口正对着石头后面的她。

夏春树从震惊里回过神，愤怒地一捶桌子："这……这群人在恶意组队啊！"

以前也有粉丝守着她的直播，然后在游戏里恶意组队狙她的，但像今天这么大阵仗的，她还真是第一次见。

敌方持续挑衅："仙儿姐出来吧，别做无谓的抵挡了。"

如果说对方是四五个人，夏春树还能打得过，可这么多人……

夏春树瞬间变成缩头乌龟，脱下背包从石头后面走了出来：

"别开枪，我出来，我投降，咱们有话好好说。"

语音里，一群人七嘴八舌说了起来：

"仙儿姐！"

"仙儿姐，我们可喜欢你呢！"

"所以我们聚集了粉丝团，千里迢迢来见你。"

夏春树都无语了，她根本不想要这种千里迢迢的见面会。她叹了叹，苦口婆心地说："恶意组队不好，听我的，散了吧。"

一人蹲到夏春树的角色面前，左右摇晃着人物的脑袋，说："我们不是恶意组队，我们只是巧遇。"

其他人应和："对，巧遇！"

"对！谁规定吃鸡战场非要打打杀杀？"

说着，他们愈发激动："对！我们是爱好和平的人！"

听着这些杂七杂八的聒噪声音，夏春树的眼角狠狠跳了下。望着眼前这一群人，她很谨慎地把武器切换到了手榴弹，准备随时和他们同归于尽。做好这一切后，夏春树轻声开口："那我能走了吗？"

"可以。"一人将一辆车开到夏春树面前，然后夏春树的耳麦里传来齐生生的一句——

"恭迎仙儿姐上车！"

这突然的转变让夏春树整个人都蒙了。

这个画风有些不太对啊？这和说好的不一样啊？他们不是要把她这样那样吗？她怎么突然从人群最底层变成了王母娘娘？

直播间观众也觉得好好笑：

"敌方：'敢动吗？'仙儿姐：'不敢动、不敢动。'"

"哈哈哈，哈哈哈，承包一天的笑点。"

"仙儿姐，惊不惊喜，意不意外？"

见那些人不像是开玩笑的，夏春树只好战战兢兢地上了车，然后发现那群人两人一辆摩托车，左右排列成队，严严实实把夏春树夹在中间。

夏春树更蒙了："你们这是……"

糙汉子很是爽朗地道："我们是摩的！仙儿姐你不用管，前面走您。"

然后，下面所发生的一切都超出了夏春树对这个游戏的认知。

一群人浩浩荡荡地进入圈内，只要遇到敌方，就会将其打到残血，然后发出灵魂的拷问："你是仙儿姐粉丝吗？"

只要对方说"是"，这群人就会丢过去新的衣甲和急救包，再分配给一辆摩托车；如果遇到说"不是"的，这群人会喊出"仙儿姐无敌，一统江山"的队伍口号，然后将之乱枪打死。

夏春树看着都觉得惨。

就这样，队伍从一开始的十几人发展到了浩浩荡荡的三十多人。摩托车队护送黑色轿车，经过之地都寸草不生，画面很是威武雄壮，死去之人纷纷表示邪教已入侵绝地战场。

一路上，仙儿姐粉丝队遇粉召集、遇敌杀死，终于到了命运的决赛圈。

为首的大汉把众人召集在中心圈，下达着最后命令："来！弟兄们都把身上的装备摘了！"

一会儿后，夏春树面前多了四十几个脱掉装备的汉子。

混在一群人中间的夏春树弱小、可怜又无助，她呆呆地全程看着，心想：这又是什么情况？

她心里突然涌出一种不好的预感。

"仙儿姐！我们爱你！"他们的声音整齐雄厚，差点震碎夏春树的耳膜，再然后，夏春树的角色被捶了一拳。

夏春树瞪大眼睛，倒吸一口凉气，心里没忍住爆了个粗口，说："什么情况？这就是你们爱我的方式？"

她原本以为他们是要冲出毒圈，相约自杀，然后把唯一的吃鸡机会留给她，书上都是这么写的！可万万没想到……这群人竟然这么对她！

说好的"爱豆大于天"呢？说好的"仙儿姐无敌，一统江山"呢？

"兄弟们，你们冷静一点啊！"夏春树静下心开始劝说。

看着自己递减的血量，夏春树终于掏出自己的M416，四处一顿扫射。然而架不住人多，她倒地后，那些被她射伤倒地的又被自己的队友救了出来。

夏春树做最后的垂死挣扎："我们有话好好说……"

然而他们并没有给夏春树解释的机会，他们井然有序地排好长队，一人上来给她一拳，并且说出——

"仙儿姐，我是你的脑残粉。"

"仙儿姐，我们永远爱你。"

每个上来打夏春树的粉丝都对她说出了真情实意的告白，当然，他们的拳头更加真情实意。

望着马上要变成盒子的自己，夏春树觉得这一切发生得太真实了，她不禁陷入沉默。下一秒，她的语气中透着绝望："你们不爱我，你们只爱我的盒子。"

这场大戏让直播间的人气直直飙升，弹幕堆满屏幕，已经看不到画面。

夏春树手肘撑桌，双手并拢托着下巴做沉思状，她已经想好了第二天的热门话题——"震惊！四十多人竟排队对少女做出这种事？！"。

然而更令人震惊的还在后面。

人群中不知谁问出一个致命的问题："我们谁舔仙儿姐的包？"

一阵诡异的沉默后，一群人七嘴八舌讨论起来。

"那必须是我啊，作为仙儿姐粉丝后援队队长，我必须要舔仙儿姐的包。"

"别扯犊子了，肯定是我，路上的摩托车都是我找的。"

"你们全滚蛋，我来舔，仙儿姐的车是我开的。"

"滚滚滚，要说功劳最大的是我，队伍口号是我想的。"

一群人因为谁舔包开始内讧，场面开始控制不住。

夏春树不动声色地往后面撤了撤，躲到一小块石头后面，说："不如你们打一架？"

这话成功挑拨了他们，刚还称兄道弟的众人立马吵了起来，"打就打""真男人就用拳头"。

画面里，四十个汉子在小小的决赛圈里展开激烈的肉搏，一时间场面难堪、盒子满地，伴随着高亢的嘶吼，场面陷入无法言说的混乱。

这场反转让屏幕也热闹了起来——

"哈哈哈，这是什么情况？"

"仙儿姐你坚持住！再有一会儿你就能吃鸡了。"

"哈哈哈，我感受到了苟在草丛里的仙儿姐慌乱的内心。"

夏春树血条快见底时，毒圈再次缩小，那些倒地没人扶的人瞬间变成盒子。夏春树往前爬了一段，就在此时，耳麦里传来一声大吼。

只见一名玩家捡起地上的装备，对准前面众人："啊！哒哒哒哒哒哒！"

瞬间倒了一片。

同时，这名玩家被毒圈外苟延残喘的另一个玩家投掷了手榴弹，瞬间成盒，毒圈外的玩家也被毒死，存活下的人只剩下了躲在石头后面只剩下一丝血的夏春树。

"大吉大利，晚上吃鸡。"

夏春树看着屏幕上的八个大字，一脸问号。

这也行？

夏春树瞪大眼睛，一脸不可置信、怀疑人生的表情。

除了夏春树，直播间的观众们也全笑炸了。

"哈哈哈，哈哈哈，哈哈哈，我有预感，仙儿姐你要上热搜了。"

"哈哈哈，哈哈哈，哈哈哈，不行了，脸真的笑烂了。"

"这就是传说中的'天选之鸡'。"

"恭喜仙儿姐获得'天选鸡王'的称号。"

夏春树用了好半天的劲儿才缓过神，她眨眨眼，调整了一下耳麦："得了，命中注定我不用穿猫耳装。"

屏幕里有人失望地说：

"可惜了。"

"太可惜了，我真的想看仙儿姐穿猫耳装。"

"仙儿姐，我也想看猫耳装。"

看着一群人撒泼打滚各种无赖，夏春树觉得脑仁疼。

"成吧。"她抿抿唇，"你们问我们家天使儿，他要说可以，我就穿给你们看。"

善良可爱、聪明伶俐的小心肝天使肯定是不愿意让她穿猫耳装这种低俗的东西的！

结果——

"想看。"

耳麦里传来低低的两个字，让直播间更加沸腾了。

"啊啊啊，啊啊啊，天使儿，从此以后你就是我们的天使儿。"

"天，这才是天使儿！"

"天使儿我们爱你！"

"天使儿发话了，仙儿姐你不能耍赖。"

这情况是躲不掉了，夏春树眼角狠狠一抽，低头打开微信。

夏春树："天使儿你是怎么回事？"

对面没回，夏春树继续问："请正面回答我的问题。"

季青临委屈巴巴："你问我的……"

夏春树："那你怎么就这么老实啊！"

季青临："我妈说了，不能撒谎。"

夏春树服了，像这么老实巴交的人她还是第一次见，不，应该说像这种天然黑的人她还是第一次见。

她妥协了，冲直播间的观众说："行，我去穿，先关一下摄像头，不然你们会在微博的广告里看到我的照片。"

夏春树冲镜头笑了下后，翻开衣柜，找出自己两年前的猫耳装。这身衣服还是她当初玩cosplay（角色扮演）时买的，时隔两年，她也不知道还能不能穿。

她快速将衣服换上，又把头发梳成双马尾，接着卡上黑色猫耳发卡。做完这一切后，夏春树来到化妆桌前，拿出黑色眼线笔，在眼皮下方速涂了只猫咪头像，接着把唇釉在嘴唇中心点涂开来。

夏春树眨眨眼，对着镜子调整了下胸口的领带。这衣服小倒是不小，只是胸口紧绷，很是不舒服。

她正要重回直播，季青临给她发来了信息。

天使："你真的要穿吗？"

夏春树发了个微笑的表情："你不是想看吗？"

季青临的心狠狠跳了一下，他耳根泛红，哆嗦着手指头慢吞吞地打字："你是穿给我看的吗？"

夏春树愣怔。

季青临一本正经地打字说："其实我想看兔女郎。"

夏春树再次被噎得没话说。她算是知道了，这小子……就是个闷骚、腹黑的小白兔，什么天使儿、心肝儿、宝贝儿，都是鬼扯！什么老实巴交也是鬼扯！

季青临："我要是有一天'吃鸡'了，你能满足我一个愿望吗？"

夏春树抬头看了眼时间，撇撇嘴，敷衍道："等你能活着'吃鸡'再说吧。"

说完，她放下手机重开了直播。

"我原来喜欢的是仙儿姐的操作，现在我成功成了仙儿姐的颜粉。"

"对不起，我肤浅，这个脸让我想黑你都黑不起来。"

夏春树看着屏幕上闪过一排排的弹幕，感觉自己这身穿得也不亏，起码热度有了，播放量也上去了。她想开了，权当自己这是为生活奉献了。

想起那个傻乎乎的小天使，夏春树当下用微信联系他："满意了吧？弟弟。"

季青临呆呆地盯着那"弟弟"二字，又呆呆地看着屏幕里的夏春树。

她真好看，穿什么都好看，这类型的小裙子完全勾勒出她火爆的身体曲线，一双低敛细长的眸自信张扬。

季青临恍惚间想起半年前，他第一次看到夏春树，是在网站左下角弹出的小广告里。她又唱又笑，不得不让季青临误会，结果后来他进了她的直播间，就再也出不来。后来他迷上她的笑，心里更放不下任何人、任何事。睡觉时想的是她，画画时想的是她，连洗澡时想的还是她。

季青临想，她是天上的月亮，而他是黑夜里躲在泥里的蝉，嫉妒着簇拥在她身边的星辰。

"不好看。"季青临发出了违心的三个字。

夏春树皱了下眉，心里莫名不爽，她问："哪里不好看？"

季青临长睫微颤："我要是说了哪里不好，你会改吗？"

夏春树一愣，猛然察觉这小子有些不对劲，他不会是……对她生了一些其他想法吧？

她不知道季青临有没有生出其他想法，但她现在这个想法有些危险。

夏春树急忙说："美得你。"

季青临苦涩一笑，打字说："我去睡了，晚安。"

夏春树抬头看了眼时间："还没到十点，你就去睡？"

季青临回复了个"嗯"，随后游戏和微信都处于下线状态。

季青临走后，夏春树也觉得没什么意思，她放下手机，说："天使儿不在了，就不玩'吃鸡'了。"

今天的直播时间还差一个多小时，因为要补上上个月缺失的时间，所以她这几天都要加班。

夏春树想了下，说："唱歌吧，我给你们唱《恋爱循环》。"

观众却说：

"《恋爱循环》不如《威风堂堂》好。"

"《青媚狐》！"

"投《青媚狐》一票！"

夏春树挑了下眉："你们有没有搞错，让我穿着猫耳装唱《青媚狐》？"

但是弹幕里要求她唱《青媚狐》的呼声一声高过一声，夏春树不好说什么，只能找出伴奏如他们的愿。

正唱到高音部分，有人往直播间送出了最高额的礼物——"飞船"。

粉丝送这种大额礼物时，弹幕会置顶高亮，循环三遍以上，所以夏春树一眼就看到那几个灿金色汉字。上面写的是"姐，爸在你身后"。

夏春树吓得瞳孔紧缩，汗毛倒立，嗓子一抖，高音歪了，硬生生唱成了公鸡打鸣。

她扭头看去——真是她爸。

粉丝们自然也看见了，纷纷打出：

"大家散了吧，主播已经凉了。"

"哈哈哈，哈哈哈，仙儿姐一路走好。"

"一路走好，逢年过节我们会给你烧点吉利服、5.56子弹的。"

"从前仙儿姐也是个王者，直到遇见了仙儿姐她爸。"

见自己爸爸还在盯着屏幕，夏春树头皮发麻，想也没想就拔掉了电脑电源："爸，您回来了？"

"嗯。"夏爸点点头，上下打量夏春树，"穿得够清凉啊。"

穿得够清凉的夏春树手忙脚乱摘下发夹，傻傻一笑："爸，几个月不见，您又黑了。"

夏爸长得非常不错，年轻那会儿大长腿、又高又瘦、戴着眼镜，一副知识分子的模样，后来他学了考古，一天比一天黑。

"下去吧，你妈等你呢。"快出门时，夏爸又回过头，"记得把衣服换了，你妈保守，受不了刺激。"

夏春树张张嘴，很想告诉他"您想多了"，可是话到嘴边还是没说出口。

出门后，夏爸又回头："爸会帮你保密的。"

他一副深明大义的好父亲模样。

夏春树捶胸顿足，内心呐喊：我真的干的是正经工作！

她换下衣服，也来不及卸妆，就那样下了楼。

夏爸正给沙发上的夏妈端茶倒水、揉肩按手，恩恩爱爱的，特别刺眼。

夏春树不由上前抱怨："爸、妈，你们回来也不提前说一声。"

夏妈看向夏春树，纳闷道："我们提前告诉你弟弟了，怎么，他没和你说？"

那个小兔崽子，绝对是故意的。

夏春树在心里把夏春生骂了一千遍，笑着看向夏妈："妈，您吃饭了吗？没吃的话让爸给您做点，不过冰箱里只有老坛酸菜牛肉面。"

"哟呵！"夏妈笑了，"你还会做老坛酸菜牛肉面？"

夏春树："便携式的。"

看着静默的二老，夏春树觉得调皮这一下很开心。

"我看你离了你弟就是个废物。"夏妈叹了口气，"我们这次回来就待一周，下个月要去云南那边考察。"

夏春树也习惯了他们常年不在家，对此也没说什么。

"还有，我们明天要去参加一个聚会，到时候你和我们一起去。"

夏春树皱眉，摆摆手："我一个年轻人，就不和你们这群老古董掺和在一起了。"

"想什么呢？"夏妈白了她一眼，"正经的上流人士的聚会好不好。"

夏春树更不屑了："您不是说上流社会都是物欲横流、纸醉金迷的腐败社会吗？现在怎么还参加起聚会了？"

夏妈被她说得满脸通红，这话是她二十年前说的，那会儿夏春树也只有五岁，她万万没想到夏春树竟然能记到现在！

说起来夏妈本来也是上流社会的名媛，不过后来抛弃继承千万家业的机会，和夏爸夏木霖一路私奔到敦煌，也成了一名考古学家。后来夏妈生了夏春树，被家里人知道，家里人整天过来闹腾让她回去，夏妈气不过，就和来接人的人说了这番话。

"妈之前有个朋友，他们两口子都因车祸去世了，这个聚会是我朋友的小叔举办的，于情于理我们都要过去。"

夏春树拿起果篮里的苹果咬了口后，随口一问："谁啊？"

夏妈淡定吐出三个字："季渊然。"

"噗——"

夏春树一口苹果就卡在了嗓子眼里。

季渊然这名字谁都不陌生，对夏春树来说更不陌生，因为他是狸猫 TV 幕后的投资方，换句话说是夏春树的顶头上司。

目前国内的娱乐行业有两个龙头老大，一个是万星娱乐，一个是天行娱乐。前面那家暂且不谈，说起天行，那就是个传奇。天行集团创立于 1989 年，最早是投资房地产开发和旅游建设，后来创办连锁百货和酒店，到了今天已是全国最大的连锁百货机构。这还不算什么，天行在五年前突然收购数家娱乐公司，并合并成为现在的天行娱乐，成为顶起娱乐业半边天的龙头公司，就连狸猫 TV 都在一年前被天行收购。

"顺便带你认识一下渊然。"夏妈拍了一把夏春树的大腿，"看你也老大不小了，渊然比你大几岁，成熟稳重，挺适合你的。"

敢情夏妈的主要目的是给她介绍金龟婿。

夏春树吓得连连摆手："妈，算了算了！"

夏妈眼神困惑："怎么就算了？"

夏春树一本正经道："那物欲横流、纸醉金迷的腐败社会配不上一身正气的我。"

"那这聚会你也必须去。"夏妈点了下她的额头，"给狗做个美容都要牵出去炫耀一下，我生个闺女，好不容易拉扯这么大，怎么着也要带出去溜溜。"

夏春树哭丧着一张脸说："您能把我和人类比吗？"

夏妈被她逗得乐出了声，好半天才止住笑，疼惜地拍了下她的脑门："别贫了，快回去洗洗你的脸。好端端地，往脸上画个大饼，给谁充饥呢？"

夏爸瞥了眼夏春树，纠正说："老婆，你看错了，那画的是熊掌。"

夏春树嘟着嘴，想说其实她画的是猫。

好不容易摆脱掉父母后，夏春树进门就给弟弟发消息。

夏春树："好啊，你小子，知道爸妈回来还不告诉我，你故意的吧？"

夏春生："不，我是有意的。"

夏春树气得牙根痒痒。

夏春生："姐，其实你应该唱《虎视眈眈》的，起码他们听不懂。"

她只回了一个字："滚。"

第四章
恋爱游戏

翌日，夏春树一早就被夏妈拉起来去了美容院。

用了一上午的工夫做完美容后，夏妈又带夏春树买了条小礼服裙。女人上了年纪就喜欢红的粉的，夏妈给夏春树挑选的衣服也是她最喜欢的粉红色，胸前还镶嵌了一串小碎珠，露肩收腰的款式略显老气，但架不住夏春树身材好，不管穿什么都能穿出火辣性感的效果。

服装人员一边帮夏春树整理衣裙，一边感叹道："您女儿身材真好，皮肤也好。"说完，艳羡地看向夏春树白到近乎发光的皮肤。

"把这个戴上。"夏妈从包里取出个首饰盒，从里面拿出一条珍珠项链，"你爸给我买的，我一直没舍得戴。"

夏春树睨过去，那项链款式陈旧，是标准的直男审美，她有些嫌弃："不好看，您自个儿戴着吧。"

夏妈有些不开心："怎么说话呢？让你戴着你就戴着。"

说完，夏妈不顾夏春树反对，撩开她的头发强行将项链戴上。

夏妈揽着夏春树，很是满意地看着镜子里光鲜亮丽的女儿，说："哎呀，真好看。"

望着一身旗袍、身形高挑、气质高贵的夏妈，夏春树说："还是您最好看。"

夏妈在她屁股上掐了一把，脸上笑开了花，显然对女儿的这顿夸奖很受用。

晚上七点，一家人准时出现在了季家庄园。

院外并列排着各种名贵轿车，打扮光鲜的男女接连从车上下来。

西装革履的夏爸握着夏妈的手，两人笑意吟吟地走在前头，留夏春树一人拎着小包跟在后面，像个小可怜。

爸妈也是奇怪，明明可以作伴自己过来，非要让她过来当他们的背景板，也不知道有什么意思。

快到门前时，夏春树余光一瞥，被一人吸引。

霓虹灯下，他被簇拥在几位中年人中间，西装笔挺，玉树临风，脸上挂着温润的笑，金丝边眼镜下的双眸却是一片疏离淡漠。

这人长得真好看，气质又高贵，随便往哪儿一站便成焦点，惹得四周的人都成了陪衬。

他有所察觉，眼神落了过来，淡淡一扫，他笑着和身边的人低语几句后，踱步走来："夏先生、夏太太好，一路过来辛苦了。"

"不辛苦。"夏妈脸上堆着笑，见夏春树还僵在原地，一把把她扯到身前，"渊然，这是我女儿春树。春树，这是我和你说过的季渊然。"

季渊然笑着看她："夏小姐好。"

他的声音比其他男人温柔干净，听起来含情脉脉的。

突然和自己的顶头上司对话，夏春树莫名觉得尴尬，她错开视线，回应说："季先生好。"

"我有空也看你的直播，算是你的小半个粉丝。"季渊然招呼身后的助理过来，拿过纸笔到夏春树面前，"方便给我签个名吗？"

这下子夏春树感觉不是尴尬，而是惊诧了，就连夏家爸妈都是一副惊奇的表情，那模样像是在说"你们什么时候搞在一起的"一样。

夏春树吞咽了一口唾沫，怀着虔诚的心接过纸笔，在上面签下了"是仙女呀"。

想了想，她又在下面签上了真实名字。

季渊然接过看了两眼，重新把本子交给助理，对夏春树说："谢谢了。"

夏春树整个人都有些僵，硬生生地回复三个字："不客气……"

季渊然温和一笑："那几位先进去吧，有什么需要可以找我，希望你们玩得愉快。"

走远几步后，夏妈靠近夏春树，凑到她耳边低低地说："可以呀女儿，季渊然看上你了。"

夏春树："他看上的是我的直播，请您不要曲解意思。"

夏妈妈满不在乎地挥挥手："啊呀，意思都差不多。"

夏春树："哪里差不多，这差远了好不好？"

说话间，夏妈和夏爸巧遇熟人，当即撇下夏春树，喜滋滋地和多年未见的老友交谈。

夏春树撇撇嘴，她就说自己过来当背景板了。

端起杯鸡尾酒后，夏春树独自一人坐在了角落里供人休息的沙发上，从包里拿出手机对准自己拍了张自拍，然后发到微博。

是仙女呀："在爹妈面前，我只是个背景板。"

锦橙不想更新："嗷嗷嗷，仙儿姐！"

锦橙不想码字："我想要你这块背景板！"

锦橙想打游戏："大家都是成年人，直说吧，仙儿姐你是要翘掉今天的直播吗？"

锦橙说吃鸡真好玩："明显是了。我要如何度过没有仙儿姐的漫漫长夜。"

夏春树的微博刚发完，她就收到了了天使的微信消息。

天使："鸡？"

夏春树："否。"

天使："为？"

夏春树："外。"

夏春树发完，莫名骄傲。和天使接触久了，她也学会言简意赅了，像是以上那段对话，一般人压根听不明白。

夏春树打开摄像头，把镜头对准了金碧辉煌的大厅，拍好后发了过去。

夏春树："宴会。"

季青临盯着那张照片看了一会儿，瞳孔一缩，一个翻身从床上跳了起来。

他将照片放大，对着摆放在后面的瓷瓶愣神。

这好像……是自己家的家具？

季青临眨眨眼，下床撩开窗帘，目光落在了不远处的建筑上。

那栋房子灯火通明，音乐与宾客的笑声远远地传来，与这边的宁静形成了鲜明对比。

她在那里。

季青临隔着窗户看向远处，眸中的期盼多过了内心的不安和忐忑。

她在那里，就在面前。

望着那片灯火，季青临眸中闪烁着细碎的光。

很快，他慢慢放下了窗帘，有些僵硬地转过了身子。

季青临的头脑一片空白，只剩下一个念头，那就是——见她。

但是可以吗？

他可以去见她吗？

季青临开始不确定了，甚至开始害怕、退缩了。

他像木偶一般重新回到电脑桌前，挺直的腰杆僵硬紧绷，他深邃的双眸望着屏幕，放在桌上的手缓缓紧握成拳。

她就在他触手可及的地方，如果他放过这次机会，可能就没有下次了。

夏春树，春树……

季青临闭着眼，想到她的笑、她的眼、她说话时的声音，那一切让他生出万般勇气。可是想到陌生的人群、打量的视线，他又开始害怕。

他不断在见和不见中纠结挣扎，许久，季青临抿抿唇，下了一个决定，如果自己能在一轮游戏里活过十五分钟，那就去见她！

他将定时器调好，挺直脊梁，打开游戏点入单排。

这不是他第一次玩单排，他曾经历过很多个没有夏春树的吃鸡战场，可是今天不一样。也许是因为有了念想，这一次的季青临格外小心翼翼、警惕入微。

到了栋小房子后，季青临快速捡起武器，然后驱车向圈内跑去。

也许是上天都在帮他，一路上的山丘、平野没半个人影。

时间一分一秒地过去，游戏过程异常平和顺利，就在时间还剩下五分钟的时候，季青临的游戏人物被人打了一枪。

看不到人影，季青临心里慌了，想也没想就打开话筒："别杀我。"

那人明显愣了下，然后也开了语音："啥？"

人一慌也顾不上结巴，季青临语气缓缓："我要去见一个人。"

那人茫然。

"如果、如果活过十五分钟，我就、就去见她。"他的语气特别真挚，特别动人，特别凄惨又委屈巴巴。

那东北糙汉果真停了枪，小跑到季青临身边，八卦地问："你女朋友？"

季青临脸红了，急忙说："不、不是。"

"哦，我懂了。"他蹲下，"成吧，我不杀你。"

东北糙汉觉得这种为爱努力的行为特别让人感动，问："你还有几分钟？"

季青临看了眼时间："五分钟。"

东北糙汉："那这五分钟内，老子罩着你！"

正说着，又有人跑了过来，眼看那人要开枪，东北大哥粗犷的声音响了起来："兄弟别开枪！这男人是我的，你要是开枪就别怪我不客气了！"

路人二号骂了一句，说："这是吃鸡游戏还是恋爱游戏？路上遇到三个了，有完没完。"

东北大哥替季青临做着解释："兄弟，你有所不知啊！"

对方很是不耐烦地说："老子不想知道你们的这个过程。"

东北大哥拍了下大腿："我身边这位兄弟是个情种啊！要是能在游戏里活过十五分钟，他就去对他的暗恋对象告白，特别感人。你说我好意思杀吗？要你你好意思杀吗？"

对面沉默了一会儿，然后跑了过来："成吧，我和你一块守，这年头这么痴情的人少见了。"

紧接着，又来了个路人三号。那兄弟看到前面这蹲成三角形的三人明显愣了下，然后掏出 M416 就要扫射，可没等开枪，就被二号路人阻拦了。

二号路人说："兄弟别开枪！"

三号路人："啥？"

二号路人："你先听我说。我身边这位兄弟你看到了吗？他只要活过十五分钟就要去见他暗恋对象，他暗恋对象马上就要出国结婚了，我们要帮他争取这个机会！"

季青临嘴唇嚅动，声音无力："我没……"

"你别说话！"二号路人打断他，"你忍心对这个情种开枪吗？忍心破坏一段姻缘吗？"

三号大兄弟也是真性情，他直接缴械，也跑了过来，对着季青临做出一个握手的动作："没想到这打打杀杀的战场也有这么感人的事儿，老子今天不打了，就陪着你！"

东北糙汉觉得自己碰上的都是爷们，当下激动地道："兄弟好性情！出去我们加个好友一起玩儿啊！"

"成！"其他两人一拍即合，只剩下季青临一脸无奈。

他就是出去见个人，怎么就变成这样了呢？

话音刚落，距离时间只剩两分钟，又迎面跑来一个人。这下子没等那人动枪开口，刚加入的三号路人就开始解释了："前面的兄弟别开枪！我身边这位兄弟生了病，如果今天能活过十五分钟就去见他准备结婚的暗恋对象最后一面，哎呀妈呀，老感人了！"

季青临继续做着无谓的解释："我没、没病……"

三号路人的声音里带着同情："你看，都病得口齿不清了。"

季青临一张脸涨得通红。不，他只是结巴，吃了结巴的亏。

那兄弟听了，往季青临身前放了几个急救包、医疗箱、绷带、止痛药，最后说："加油，好好活着，你的人生不单单只有这十五分钟。"

说完，他挥挥手向远方跑去，身影逐渐消失在夕阳里。

东北糙汉的眼泪都要下来了："哎呀妈呀，真是太感人了。"

终于，时间到了。

"我要走了。"想了下，季青临把身上所有东西都放了下来，给了面前几位兄弟，"谢谢。"

东北糙汉满是鼓励地说："等我们出去就加你好友，兄弟祝你好运！"

季青临突然觉得心里暖烘烘的。从玩这个游戏开始，他遇到过飞机上骂人的、广播里打小广告的，也遇到过性情直爽的、善良可亲的。季青临玩这游戏的初衷只是为了接近夏春树，可此时此刻，他突然真正爱上了这款游戏。

残酷的生存战场里，有杀戮，也有萍水相逢的善意。

他深吸一口气，用力拍了下脸，起身拉开衣柜。他从里面翻找出一身黑色西装换上，然后对着镜子里的自己失神。

他已经很久没有好好看过自己了，镜子里的青年苍白瘦削，英俊的眉眼中没有一点生气。他眨眨眼，看到眼里有了光。

季青临伸手整理着歪歪扭扭的领带，心里想着如果见了夏春树要说点什么。

"你好，我是季青临，每天和你打游戏的 Arios。感谢你的照顾。"

她会怎么回应呢？

是笑着，还是漠然离开？

季青临忽地放下了手，长臂颓废地垂在身体两侧。他咬咬下唇，又抬起手，慢慢解开领带。

他很害怕，害怕真的和她见了面，她会再也不理自己。

季青临知道自己不优秀、愚笨，还有身体缺陷，没人喜欢他，因为连他自己都不喜欢自己。

陷入淤泥里的蛆虫，哪有资格追求天上的明月。

季青临重新坐回到电脑桌前，他的游戏人物已经死亡，季青临随手点开死亡回放，惊讶地看见地面上用子弹打出的两个歪歪扭扭的大字"加油"。

是那几个兄弟做的。

看着那两个字，季青临的眼眶突然红了。

是应该加油，不管是为了站出来支持他的这几个陌生人，还是为了自己，他必须加油，必须要走出这一步。

哪怕是泥里的蛆虫，也想努力幻化为蝴蝶，追求明月，就算只触及一缕月光，那也足够了。

喉结上下翻动两下，季青临没再犹豫，起身离开。

距离宴会厅不过三分钟的距离，清冷的月色将他的光影剪落细碎，他抿着唇，步伐从未有过的坚定有力。

终于，光源近了。

宾客们欢笑的声音就在耳畔，他站在柳树下，颀长的身影被遮挡在一片黑暗里，隔着敞亮的窗户，季青临一眼看到了里面的夏春树。

她站在一众衣着光鲜亮丽的宾客里，亭亭玉立，发丝乌黑，杯中摇曳的红酒将她的指骨映衬得格外修长白皙。就在此时，一个挺拔英俊的男人向她邀舞。

是季渊然。

她欣然接受了。

两人站在一起，仿佛天造地设，格外登对。

季青临不由低头看了看自己，瘦削，狼狈，无力，似是刚从泥土里爬出来的渺小虫子。望着胸前系得歪歪扭扭的领带，他一把把它扯下，揉捏成团丢在了前面的草丛里，他漆黑的眸向里面看了一眼后，扭头离开。

他在黑夜里踽踽独行，背影寂寥，又透着浓郁的挫败和难过。

"没想到夏伯父的女儿就是你。"季渊然低头笑着看着夏春树，牵着她转了个舞步。

夏春树没回话，她家是书香门第，在文人圈里很出名，只是出了个不务正业的夏春树。

当初她爸妈每天出现在电视上，有时候还上各种访谈讲座，但夏春树从来不会和人说这是她父母，怕给父母丢脸。

夏春树不由小声嘟囔："我也没想到我爸妈会和我的'衣食父母'认识……"

季渊然有些没听清，不由凑近了些许："什么？"

夏春树嘴快道："我说您帅。"

季渊然的笑容深了深："夏小姐有男朋友吗？"

夏春树有些纳闷，怎么季总也开始八卦别人的情感隐私了。但她也没刻意躲避话题，说："有过一个，不过分了。"

音乐停下，季渊然松开了手。

他看着她，目光闪烁："要不要带你参观一下我家？这边只是宴会厅，另外一边是主宅，要不要去看看？"

夏春树沉默，心道，他不会是对自己有意思吧？

夏春树有些慌了。

这季总要是看上她了，那……

夏春树抬起眼睑，小心翼翼地打量着季渊然。

虽然年过三十，但眼前的季渊然看起来还很年轻，温文尔雅，谈吐有礼，气质沉稳成熟。虽然夏春树不喜欢季渊然这种端着的人，但不得不承认他的确很有男性魅力。

见她半天没开口，季渊然笑道："你要是不愿意我也不勉强。"

没等夏春树开口，偷听了全程的夏妈就接茬："她去。"说完，她推了夏春树一把："渊然都邀请你了，不去多不好意思，跟去看看吧。"

夏春树眼皮一跳，顿时有些尴尬："妈……"

"去吧。"夏妈又狠推了她一把。

季渊然做了个"请"的手势。

夏春树放下酒杯，讪讪地跟在季渊然身后。

通往主宅的石板小路蜿蜒曲折，两边种植着盛开的花卉，路灯将两边点亮，萤火虫飞舞，如梦如幻。

夏春树跟在季渊然身后，高跟鞋叩击地面的声音清脆悦耳，更显出周围的安静。

夏春树觉得身边安静得可怕，不由开口打破沉默："季先生家里只有你一个人吗？"

季渊然扫了她一眼，说："还有个侄子，哥嫂去世后，他一直由我照顾。"

季氏夫妇因车祸去世的新闻当年震惊了整个商界，哪怕到了今天，也有人惋惜他们的离世。夏春树也曾看到过这个新闻，只是没想到那对夫妻还留下了个孩子。

夏春树问："那他现在在哪儿？"

季渊然指了指近在咫尺的屋子："那里。"

夏春树疑惑地望着他，只听他说："我侄子有些害羞，你一会儿要是见到他，说话要温柔些。"

季渊然领着夏春树进门，她也不敢四处张望，在柔软的真皮沙发上正襟危坐。

季渊然主动帮夏春树倒了茶，和旁边的保姆说："林妈，去让少爷下来，就说夏春树小姐过来了。"

林妈点点头，径直向楼上走去，喊道："青临少爷，家里来客人了。"

季青临已换下了西装，又穿上了那身宽松的家居服。

林妈的声音被隔离在门外，季青临像是没听见一样，缄默无言地躺倒在床上。

林妈的声音还在继续："先生说是春树小姐来了。"

夏春树？

季青临的内心猛然翻滚起惊涛骇浪，他定定地看着天花板，心跳再次加快，平放在小腹上的手紧了又紧，但他最终没应话。

季青临想哭。

季渊然从来不会把女人往家里领。原来季青临一直想不通小叔叔为何突然收购直播公司，现在他明白了，小叔叔所做的一切肯定都是为了夏春树。现在人都带回家了，说不定他们马上就要结婚，生孩子，生下的孩子还要叫他一声"堂哥"……

季青临越想越难过，越想越觉得窒息，最后把被子往上一拉，蒙着头哽咽出声。

夏春树……他不想让夏春树的孩子叫他"堂哥"，而是想让孩子叫他"爸爸"。

可是如果夏春树真的和小叔在一起了怎么办？他根本就做不

了什么。

半天没听到季青临应话，林妈无奈地摇摇头，转身下楼："先生，少爷他不下来。"

季渊然抬起头，问："他怎么说？"

林妈回话："什么也没说。"

季渊然点点头："我知道了，那你吩咐厨房做点饭给他送上去。"

"抱歉。"季渊然对夏春树和煦地笑着，"我侄子不太喜欢接触人，从小话就少，在我哥嫂过世后就更沉默了。"

夏春树虽然没有经历过父母双亡，但也能理解。

"你要看他的照片吗？"季渊然问。

没等夏春树开口，季渊然就起身从抽屉里拿出一本厚重的相册，翻开递到夏春树面前，指着一张相片说："这是青临刚满月的时候。"

照片里的孩子还很小，粉嫩嫩一团，穿着正经的白色西装，衬得一双眼睛又大又亮。翻了几页，里面的孩子长大不少，眉眼出落得格外精致。

"这是他中学获得全国少儿绘画大奖的时候。"季渊然又翻了一页。

定格的镜头下，少年有一头浓密的黑发，手捧奖杯，西装笔挺，五官虽还稚嫩，气质却初显矜贵。

夏春树沉迷于那双眼睛，由衷赞美道："您侄子长得挺帅的。"

季渊然抿唇偷偷笑了一下，凑上前说："当然没有你喜欢的类型帅。"

夏春树并没有察觉，说："我就喜欢这种高高瘦瘦的类型。"

季渊然眉头一挑，端起杯子喝了一口茶。

正在此时，他有所察觉，朝楼梯口的方向看去，看到一道黑色影子快速划过，他心中了然，笑容不由深了些。

匆匆跑回房间的季青临心跳得很快，他下巴紧绷，想起女人和男人调笑亲密的画面，心脏像是被蛊虫噬咬一样难受。

季青临长睫微动，打开手机，往空白的朋友圈发了条动态，仅对夏春树可见。

"天冷，人冷，没人疼，没人爱。"

发完后，他沉着脸用电脑玩换装小游戏。

一会儿后，夏妈总算给夏春树发来了微信消息，她对季渊然抱歉地笑笑，拿出手机看着信息。

夏妈："聊得怎么样啊？忘了和你说，我和你爸有事儿先回去了，实在不行你就让渊然送你回来，啊！"

"啊？"

"啊什么啊！"

夏春树气得不行，正要关上手机，就看到朋友圈有了新动态。她随手点开一看，看到了天使刚发的那条朋友圈。

"天冷，人冷，没人疼，没人爱。"

夏春树差点没崩住笑出声，当下私聊了天使儿。

夏春树："你是地里的一棵小白菜？"

Arios："你回家了吗？"

夏春树："马上，回去就和你玩儿。"

发完没再等天使回复，她收起手机对季渊然不好意思地笑笑："我朋友有些事，在叫我，我要先回去了，很感谢季总能亲自接待我。"

　　"哪里。"季渊然跟着站了起来，"天这么晚了，我送你回去吧。"

　　"不用了。"夏春树摆摆手，"我朋友离这不远，我自己打车过去就好。"

　　季渊然也没有强留："那一路小心。"

　　和季渊然告别后，夏春树拿上东西匆匆离开季家。

　　望着她离开的背影，季渊然转身上楼，敲响房门："青临，把门打开。"

　　里面的人没吱声。

　　季渊然不由地把手放进口袋，轻轻拧了拧那张冰冷的纸，说："那我手上这张仙儿姐的签名只能当作礼物送给别人了。"

　　"啪嗒"。

　　门开了。

　　季青临头发蓬乱，眼眶微红，耷拉的嘴角写满了不开心。

　　季渊然笑容温和，把手上的签名纸送了过去。

　　季青临接过，二话不说就要关门。

　　季渊然一把拦住："我给她看你的照片了。"

　　季青临呆呆伫立着，长睫垂下，有些无精打采，他轻轻"哦"了一声，看起来很是颓废。

　　季渊然忍着笑，说："她说她很喜欢你这种类型的男孩子。"

　　"哦。"季青临面无表情地回复，忽然瞪大眼睛，猛然反应过来，"啊？"

他的反应呆傻又可爱，季渊然忍不住伸手在他头顶揉了两把，宠溺道："傻小子，你不会以为小叔要让她当你婶婶吧？"

季青临耳郭微红，避开眼不敢对上他的视线。

"你很优秀，没什么可自卑的。"季渊然柔声说，"如果你想要追求一个人，就必须向前走，而不是把自己关在房间里。也许你追求的那个人今天还在，明天也在，可是说不准哪天她就去追求别人了。"

季渊然拍了拍他的肩："夏春树的弟弟和你一样在Ａ大，如果你愿意去上学，我相信你们会成为很好的朋友。"

点到为止，季渊然没再说什么，转身离开。

季青临呆呆地把门关上，走回床前，坐在床上，看着夏春树的签名一言不发。

夏家爸妈在参加完宴会的第二天就走了，下午，夏春生拎着行李回来了。

他回来的时候夏春树正趴在沙发上一手捏着根辣条，一手拿着手机看《绝地求生》的搞笑视频。

客厅的地上堆满零食袋，还有几条她乱扔的裤子。

夏春生放下行李，从冰箱里取出瓶冰水，"哼"了一声，说了声"肥宅"。

夏春树手一顿，半抬起眼睑："哎，你刚回来就怼人，过分了啊。"

夏春生拿出围裙穿上，面无表情地开始打扫那片狼藉，说：

"像你这样的人，如果嫁入豪门，肯定第二天就被丢出来了，可怜。"

"到时候我会给你写一本传记的，"夏春生推开夏春树的腿，盯着她说，"书名叫《豪门总裁的肥宅弃妇》。"

夏春树死死地盯着自家的面瘫弟弟。

不对。

格外不对。

虽然她弟弟嘴巴毒，但从没像今天这样无缘无故地怼过人。

夏春树翻身从沙发上坐起，扯住夏春生："谁说我要嫁入豪门了？"

"你不都上人家家里了吗？"夏春生虽面无表情，眼底却流露出不满，"妈说你们情投意合。"

夏春树了然，笑："你不会是怕你姐结婚了就不要你了吧？"

她吮干净手指上的油渍，扑过来紧紧抱住春生："我的弟弟怎么就这么可爱呢？你放心啦，妈那是胡扯，我不会和季渊然在一块儿的。"

春生红着脸说："脏死了，你别碰我。你爱和谁在一起就在一起，关我什么事。快松手！"

夏春树把他抱得更紧了，嘴里还不住地戏弄着自家的傻弟弟："哎哟，不松，你小时候每天都让我这样抱呢。"

夏春生黑着脸道："滚！"

第五章
背影深藏功与名

　　与 WY 战队直播比赛的消息刚在微博发布就引起了剧烈的回响，夏春树这边也收到不少私信和评论，大部分是给她加油的，要不就是说"别给主播丢脸"之类的话。

　　天使儿也给她发来了消息："你今晚要和职业战队打吗？"

　　夏春树没想到这小子消息还挺灵通的。

　　她回复说："是啊，所以不能和你一起玩儿了。不过你可以看直播，最好看越神那边，对你会有帮助。"

　　Arios："嗯，好的。"

　　夏春树："那我先去准备了。"

　　Arios："好。"

　　直播时间是晚上七点，WY 那边派出的是肖越、刘世航，还有一位青训队的明星选手，具体是谁夏春树还一无所知。

晚上六点半，夏春树的直播间已有不少观众在等候，下面的评论飞快地刷动着。

夏春树在化妆台前补妆，她扎着精神利落的马尾，稍微补了点口红，然后翻开衣柜拿出一套蓝粉色雪纺连衣裙。

换上裙子后，夏春树觉得自己特别好看，和仙女一样。

夏春树对着镜子自恋地抛了个媚眼，见时间差不多了，就坐回到电脑桌前，登录游戏，顺手提前打开直播。

她眼睛一扫，从密密麻麻的弹幕中看到一条不太显眼的弹幕，那条弹幕说："仙儿姐今天真好看。"

夏春树笑了下，说："说得我好像哪天不好看一样。"

谈笑风生间，夏春树被拉到了四排房间里。

房间里分别是肖越（WY-oldV）、刘世航（WY-OGOD），还有一个眼生的新人 ID（WY-ONO nono）。

"啊啊啊，竟然是阿不！"

"天，阿不老公加入 WY 了？"

"我的妈，真的是阿不！"

弹幕齐齐惊呆，不单单是观众惊，夏春树也觉得挺不可思议的。

ONO 是《绝地求生》"路人王"，号称"喷王"，最著名的战绩就是用一把霰弹枪打死著名主播，成功吃鸡。没错，那个著名主播就是夏春树。

夏春树一脸微笑——皮笑肉不笑的那种微笑。

她现在脸上笑眯眯，心里"呵呵哒"，弹幕观众倒是"哈哈哈"笑成一团，纷纷讨论起她曾经不堪回首的黑历史。

气氛突然尴尬，肖越轻声开口："这是我们青训队的新人，叫他'阿不'就好。"

夏春树："呵呵。"

耳麦里传来个干净的男声："仙儿姐好。"

声音听起来年龄不大，十七八岁的样子。

夏春树也很有礼貌地说："喷王好。"

小少年声音爽朗："上次真的对不起了。"

夏春树："没事儿没事儿，比赛嘛，这次我们是队友，好好打。"

气氛还算和谐，众人客套几句，肖越开始排了。

"跳哪儿？"他问。

夏春树看了眼地图："越神跳哪儿我跳哪儿。"

没等肖越开口，刘世航就皮了一句："那跳我心里吧。"

肖越："滚。"

他将黄点标记到了 Y 城，说："刚枪。"

夏春树调整位置，稳稳地落在了天台上。与她一同下来的还有阿不，望着面前的 S686，两人面面相觑，相顾无言。

最后夏春树后退一步，做出让步："你拿吧。"

阿不也后退一步："女士优先，仙儿姐拿。"

夏春树又后退一步："不不不，你比我小，你拿。"

阿不继续后退："不，你拿。"

夏春树也更加坚持："我不太习惯用喷子，你拿。"

刘世航终于看不下去了，把自己刚捡到的两把步枪分别放到夏春树和阿不面前，最后捡起喷子，一句话也没说就扭头离开，背影深藏功与名。

夏春树和阿不两相无言。

Y城很大，地形复杂，资源丰富，很适合打游击战。

四个人分别搜刮一圈，东西差不多就都齐了。夏春树下来的时候注意到有两队人，但现在还是没动静，想必都是在某个草丛后面猫着，准备等毒圈过来的时候偷袭。

夏春树跑上高楼，匍匐在地上静静地看着。

"225方向有人，两个。"刘世航话音刚落，就看到了屏幕上的击杀信息——

"Emma Wordsky 用 SKS 击倒了 bnyudieb"。

"WY-oldV 用 98K 击倒了 xiatiandemim"。

两人收枪，同时说："好了。"

两人配合得非常默契，弹幕一片"666"。

肖越距离盒子很近，最先下去舔包，他说："仙儿姐，这里有步枪消音和八倍镜，过来拿。"他又翻看了一下物资，道，"把98K给你吧，SKS给我。"

夏春树有些犹豫："不好吧？"

肖越笑了下："没什么不好的。"说着，他把自己的98K丢到她面前，"大家都是朋友嘛。"

他都这样说了，夏春树也没必要矫情，把SKS换下后，她美滋滋地背上了满配98K。

时间差不多了，几人找了辆车向圈里走。

正在此时，耳麦里传来阿不紧张兮兮的声音："前面有人。"

开车的肖越不动声色，调整方向键，直接把前方的人撞倒。

看着这操作，夏春树突然想起了一个人，不由自主地笑了：

"越神，我真希望你能教教某个人开车。"

看过夏春树直播的观众都知道指的是谁。

"此处需要 @ 天使儿。"

"@ 天使儿和越神学开车啦。"

"哈哈哈，不知道天使儿在不在。"

天使儿在不在？

当然在。

他正看着直播闷闷不乐呢。

季青临直勾勾地盯着屏幕里夏春树的脸，她笑得很开心，显然，她和他们玩游戏时比和自己玩游戏开心得多。十分郁闷的季青临按下礼物键，选了最大额的十万面值，连续投了五次。

Arios 送给主播超级火箭炮："我不需要别人教。"

一句话来回循环五次。

夏春树手一哆嗦，从车上跳了下去。望着摔伤的游戏人物，她迟迟没回过神。

队友下来救人的工夫，夏春树低头打字。

夏春树："你疯了吗！那是五十万啊！"

感叹号表现了她震惊的内心。

季青临很镇定地喝了口柠檬汁，慢悠悠打字："大惊小怪。"

大惊小怪？

这当然要大惊小怪了！五十万又不是五万块！一些乱七八糟不好的新闻标题瞬间堆积在夏春树脑海里：《小学生盗取信用卡打赏主播，面额超过五十万》《震惊：某男子用救命钱打赏主播，母亲以泪洗面》《高管私自挪用公款打赏主播，是道德的沦丧还

是人性的扭曲？》

夏春树："等我打完游戏就还回去，你给我住手听到没有？"

警告一句后，夏春树重新投入到游戏里。

"我看到了。"耳机里传来肖越低沉充满磁性的声音，"你的那个天使儿给你打赏了五十万。"

夏春树怔了下，说："那不是我的……"

夏春树的天使儿。

这边的季青临眨眨眼，心花怒放，看肖越顿时顺眼起来，于是切换到肖越直播间，选取最小面额的礼物，打字道："你说得很对。"

这个小小的礼物很快消失在汹涌的弹幕里，没留下一丝痕迹。

夏春树打好药，就听到刘世航激动的声音："空投！"

夏春树朝天上看了眼，绑着降落伞的红色箱子稳稳当当地落在他们面前，上面缓缓腾起一道红烟。

刘世航摩拳擦掌："空投砸脸还是第一次。"

几人想也没想地跑过去，其中阿不的速度是最快的。

他冲到空投面前检查一遍，声音很是激动："有AWM，发了。"

听到梦中情枪AWM，夏春树想也没想地说："给我。"

"给我。"同时响起的还有越神的声音。

两人相望，都仿佛在对方的眼神里看到同一种意思。

AWM还没捂热乎的阿不隐约感觉自己被死亡锁定，一转过视角，看到两个黑黝黝的枪口直直对准他。

然后——

"砰砰砰！"

零乱的枪声响起，"队友误杀"四个字昭示着塑料花一样的兄弟情，残酷而又冷漠。

阿不瞪大眼睛看着屏幕："什么操作？"

弹幕上已经笑疯了。

"确认过眼神，是想杀的人。"

"哈哈哈，阿不现在的内心肯定是：啊，不！"

"阿不的 ID 昭示了他的内心。"

"那把 AWM 是带你走向死亡深渊的罪魁祸首啊！"

然而事情到这儿还没结束，夏春树和肖越在同一时间感觉到彼此的杀气，于是一个拿出平底锅，一个拿出近战神器喷子，互相展开攻击。

最后，夏春树的平底锅击中肖越的脑壳，肖越的子弹射中她的头部，二人同时重伤倒地。

唯一存活下来的刘世航表示："我是谁？我在哪儿？我要做什么？"

直播间的粉丝幸灾乐祸地发着弹幕。

"没关系，大家都是朋友嘛。"

"仿佛塑料花一样的朋友关系。"

"你们快来看，这边有几个二愣子内讧哎！"

在敌人的四面包抄下，塑料兄弟团结束了在绝地岛的战斗。

返回到大厅，夏春树越想越不甘心：这算是什么事儿！

此时，围观的虎子已经笑疯了，对着面无表情的肖越说："哈哈哈，平底锅厉害！你就把 AWM 让给仙儿姐会怎么样？"

"不行。"肖越义正词严，"鸡可以不吃，AWM 必须拿！"

刘世航脑壳有些疼："我说你们……一个 AWM 就暴露你们的本性了？"

夏春树说："我半个月没舔过 AWM 了。"

肖越说："AWM 是我老婆，你干吗舔她？"

这话让夏春树听着不爽了，她忍不住呛声道："AWM 还是我老公呢。"

她想了想，说："越神，我们 Solo 吧，我要是赢了，以后的 AWM 都是我的，你不能碰；你要是赢了，别说空投，我捡到内裤都送你。"

肖越："谢谢，我不要你的内裤。"

他操控鼠标，残酷无情地把刘世航和阿不踢出房间，开了二人组队："Solo，说到做到。"

在两人忙于决斗的时候，季青临偷偷把自己的微信名改成了"AWM"。

既然是单人 Solo，就没必要去混乱人多的城镇。

进入游戏后，夏春树观察着地图，最后毫不犹豫地说："我们跳农场附近。"

因为城镇地形复杂，也有房子，是 Solo 的绝妙位置。

肖越的下降速度比夏春树快一些，夏春树左右环视，最后直接跳到一辆车前。在肖越进入厕所拿枪时，夏春树已开上卡车直直撞来，牢牢堵在门口。接着她顺起厕所门外的手榴弹，朝里面丢了进去。

"砰"！

肖越的屏幕上显示"队友误伤"。

肖越都蒙了，完全没反应过来，应该说，完全没想到夏春树会这么无耻！

这一幕同时也让观众炸了锅，直播间弹幕齐刷刷地飞过同一句话"仙儿姐无敌"！

还有一条很是显眼："哈哈哈，我是从越神直播间回来的，越神现在脸都绿了。

肖越的脸的确绿了，他是真的没想到夏春树会来这么一招，他攥紧拳头，深吸两口气，才说："这样不符合规矩。"

夏春树理所当然地道："怎么不符合规矩？你又没说我不能用车堵你。总之我赢了，你媳妇以后跟我了。"

肖越不死心地说："不公平。"

夏春树理不直气也壮："《绝地求生》只有杀戮，没有公平。"

弹幕飞过。

"越神：我输给了我的正直。"

"越神：我输给了仙儿姐的不要脸。"

坐在一旁的大虎笑得脸都烂了，一边笑一边拍着肖越的肩膀说："你也有今天？"

想想这人以前动不动抢他们装备、杀他们祭天，今儿可算是有人来治了。

即使打倒了肖越，夏春树依然觉得不爽，于是她小心地把车子往一边挪了挪，然后说："今儿个给你们表演个绝活，让你们开开眼。"

说着，夏春树用车子卡住垃圾桶，然后往车上跳。跳上去后，她对着小厕所那狭小的窗户疯狂按着空格键。

望着自己快见底的血量，肖越也觉得没啥意思，于是把视角切换到夏春树身上。发现她疯狂跳动，他忍不住好奇地问："你在干吗？"

夏春树一边操控着键盘，一边认真地说："我要用特技进去，对着你的盒子烧根香。"

连续按了数次跳跃键后，夏春树终于爬上了窗户，然后——人物不动了。

她猛地瞪大眼睛，连续按了几次跳跃，发现人物的确是不动了。只见她的人物一条腿卡在窗户里面，剩下半个身子全在外面，任凭夏春树按烂键盘都纹丝不动。

她又对着墙壁开了几枪，然而除了眼前的墙壁多了几个弹孔外，没丝毫变化。

此时距离安全区缩小还有三十秒。

夏春树看了眼地图，发现她现在正在圈外。

终于，夏春树的暴脾气上来了，她狠狠砸了下键盘，怒道：玩我呢？"

肖越已成盒子，看着卡在墙壁里仿若大傻子的夏春树，眉梢眼底全是笑意："嗯？特技？烧香？"

夏春树脸上火辣辣的，用余光瞥了眼弹幕，放眼望去全是"哈哈哈""666"。她觉得从今天以后，自己要从技术主播变成娱乐主播了。

正两头为难时，一辆小红车突然停在了附近。

夏春树暗叫不好："这下真凉了。"

一人从车里下来，紧接着，夏春树的耳麦里传出一道熟悉的声音："我来了。"

我来了。

三个字，熟悉的冷淡腔调。

此刻，这声音是夏春树听过的最美妙的声音。

"天使儿！"她叫得非常激动，这应该是夏春树最激动的时刻。

也许是她的热情感动了观众，直播间的观众也跟着在弹幕上刷。

"哈哈哈，真的是天使儿。"

"天使儿一直在堵仙儿姐吗！"

"哈哈哈，莫名有些感动。"

"哈哈哈，天使儿真的是天使儿，从天而降。"

季青临调整了下视角，看着卡在厕所窗上不来下不去的夏春树，问："还好吗？"

"不好。"夏春树说，"毒要来了，你有药吗？给我几包药放在车顶，我看看能不能拿。"

"好。"季青临把自己身上所有的绷带放在了夏春树面前。

看着那一捆接一捆的绷带，夏春树的神色中透着无奈："只有绷带？"

季青临继续从背包里掏东西："还有、还有止痛药。"

夏春树："急救包呢？"

季青临："太大，难装，丢了。"

难装？丢了？

夏春树差点一口气没上来，她很想骂他，可话到嘴边只化作一道长长的叹息。

　　此时毒已经过来，夏春树往下调着视角，勉强拿到药，她打好药，张口对季青临说："你对我开几枪，别打死啊。"

　　季青临果断拒绝："不行。"

　　夏春树眼角一抽，耐着性子问："怎么就不行？"

　　季青临一本正经："下不去手。"

　　"你别下不去手啊。"看着逼近的毒圈，夏春树很是着急，"我这样死很没面子的。"

　　季青临还是很坚持："不行。"

　　夏春树都要哭了，这样死真的很丢脸诶，她的一世英名不能毁于一旦啊！

　　季青临看着窗户缝里的夏春树，很好奇地问："你怎么、怎么上去的？"

　　夏春树已经没力气了，说："跳上那个垃圾桶，连续蹦跶几次就上来了。"

　　季青临眨眨眼，按照她说的跳上垃圾桶，紧接着按了两次空格，最后看到自己的人物成功卡了进去，两人一左一右，卡得非常对称、非常默契。

　　成功跳上来的季青临用鼠标转动着视角，语调里竟透露出小小的骄傲："是这样吗？"

　　夏春树没感觉出不对："是这样啊，不错啊，这么容易就进来了。"

　　过了一会儿，夏春树总算意识到了不对，她瞪大眼睛看着屏幕里并排卡在一起的两个人物角色，一拳捶在了桌上，疯狂咆哮："你是不是傻啊！"

"哈哈哈，哈哈哈，哈哈哈。"此时 WY 训练室的成员们已经笑倒一片，就连沉稳的肖越都是忍俊不禁的模样。

肖越的声音带着笑意："你们真有趣。"

夏春树："有趣个锤子！这人就是个傻子啊！他脑子有毛病的啊！"

不得不说，季青临为夏春树的直播贡献出了百分之百的直播效果和笑点，弹幕都是在刷"哈哈哈"，要不然就是在刷"一家人最重要的是整整齐齐"。

夏春树气得骂都骂不出来了："你、你跳上来干什么？"

毒圈已经过来，季青临很淡定，一边打药一边说："我没、没想到这么、这么容易进来。"

夏春树也学着季青临结结巴巴的样子："你、你怎么、怎么不学点好的？"

季青临继续结结巴巴地回："和你、和你学的，都、都是好的。"

夏春树："我想、想打死你。"

然后她操控角色对着季青临的角色挥了一拳头。

正在此时，一辆车过来，从上面下来四个人。

"Chinese Kung Fu（中国功夫）？"貌似来的是一队外国人。

夏春树："No, we are stucked.（不，我们是动不了了。）"

对面四人愣了会儿后说："NB！"

夏春树竟然无言以对，中国功夫可还行？

夏春树叹了一口气，看见几人对着自己摆了几个造型，想必是在截图保存。

然后他们在车顶留下几个急救包，说了句"祝你们好运"后便扬长而去。

好运个啥？

夏春树一边打药一边怀疑人生。现在活是活不了，直接下线很没有面子，被卡死在这里更没有面子，不管怎么做，到头来都是没面子。

终于，血条见底，然而她还是被卡在里面。她以一种很搞笑的姿势趴在中间，仿佛一个吊窗上吊的残障人士。她琢磨了一下，估计这是 BUG（游戏漏洞）。

夏春树闲得无聊，用鼠标移动视角近距离观看起季青临，她随口问："你队友呢？"

按照一般情况来说，他不应该一个人出现在这里。

季青临老老实实地回答："他让我留在、留在原地不要动。"

夏春树继续问："然后呢？"

季青临结巴地道："然后说帮我、帮我吸引火力，就、就走了。"

季青临就真的老老实实留在原地没有动，然而……他队友再也没回来……

听完这话的夏春树不禁陷入沉默，心想：这孩子果然是个傻子，十足的傻子。

夏春树叹了一口气，忍不住道："你是不是缺心眼啊？"

季青临抿抿唇，声音低低的："不缺，我缺你。"

她怀疑自己听错了，瞪大眼睛忙又问了一遍："你说什么？"

季青临一个激灵，急忙改口："我、我说你才缺、缺心眼！"他笃定地重复一遍，"对，你缺心眼！"

夏春树愣了几秒，才意识到自己没听错，这傻小子的确是在骂她。她非但没生气，反而笑了："好啊，你长胆儿了，你竟敢骂我！等我出去，看我怎么收拾你。"

一直沉默的肖越此刻弯起了双眸："他说得没错，你的确缺心眼。翻厕所窗户这事儿一般人干不出来。"肖越继续补刀，"以后 AWM 是你的，都是你的。关爱残障儿童，从我做起。"

夏春树还没做出反应，那边的季青临倒是脾气上来了："这人竟然敢骂夏春树缺心眼！"

他不开心，低头拉开自己的小抽屉，从里面取出一个黑色小本本，然后用钢笔写：

2018 年 X 月 X 日，晚八点十分，肖越（划掉）死去的肖越讽刺春树。

一轮结束，两人齐齐被毒死。

回到游戏大厅，夏春树邀请季青临进来，最后又拉了肖越和刘世航，说："阿不，你没成年，该睡觉了，现在是我们大人的夜晚。"

阿不委屈巴巴："我成年了……"

刚过十八岁的生日。

面对着赤裸裸的排挤，阿不鼓鼓腮帮子，看向他们队长，却见肖越一脸冷漠地说："去吧，该睡觉了，熬夜不好。"

这句话由电竞少年说出来，简直毫无信服力。

等人都到齐后，夏春树开始向电竞少年们介绍她家的傻白甜："这是我朋友，天使儿。"

肖越看着季青临头顶的 ID，笑道："名字很有意境。"

夏春树开玩笑地曲解这话的意思："他的意思是你傻。"

有了外人在，季青临的话更加少了，他全程跟守在夏春树身边，拿着一把冲锋枪，只要夏春树开枪，他就对着那个位置"突突"两下，也假装自己看到了人。

"要跑毒了。"刘世航看了眼小地图，"我去找车。"

"我这儿有。"肖越话音刚落，屏幕下方就显示了击倒信息"nuofewobn 用 mi14 击倒了你"。

"抱歉，没注意。"肖越操作人物往里面爬了爬，从环视圈看到了离他最近的季青临，说，"天使过来拉一下我，那人在东南方向，三楼。"

"我看到了。"夏春树架起枪，用 SKS 将敌人一枪爆头，末了收手翻窗而下，"他没队友，一会就被毒死了。"

此时季青临已经快跑到肖越身边，肖越不放心地说："你先放个烟雾弹，我往里那边爬一下。"

"嗯。"

他刚应下，肖越就听到清脆的一声。肖越眼角倏地一抽，不好的预感油然而生："你扔的……"

"砰"！

屏幕上很快显示"队友误伤"。

看着变成盒子的自己，肖越呆呆地说出了下面的话："是手榴弹。"

"抱歉。"季青临跑到肖越的盒子前，蹲下身子舔着他的包，

"我不是故意的。"

才怪！

看这舔包的动作，这可不像是误伤。

肖越琢磨半天也想不出自己哪里惹到这个心肝儿小天使了，最后把原因归结为这天使只是单纯地看他不顺眼。

"上车。"红色轿车停在中央，夏春树观察着四周，为季青临辩解说："越神别多想，他真不是故意的，上次还用手榴弹把我炸死了。"

"是。"季青临说，"我菜。"

这大大方方、坦坦荡荡的态度，让本来无所谓的越神莫名感觉心虚。

于是肖越也很大方地说："没事，有空我教你。"

季青临没说话，上车后，默默把笔记本上记有肖越的那行字划掉，还在后面标了个"※"号。

然后他声音淡淡地说："谢谢越神。"

还挺乖的。

肖越笑意深深，心想：果然是个单纯手残小菜鸡，比队里那几个没大没小的强多了。

几人又逛了一圈，没见到一个敌人，夏春树觉得无聊，准备拿好东西去人多的地方搞点事情。正在此时，耳机里传来季青临熟悉的声音："仙儿姐，我这儿有、有八倍镜。"

夏春树瞄了眼地图，把点标好后，随声说："哪来的？"

季青临："遗物。"

夏春树："直接说越神的就好。"

季青临满不在意："一样。"

左右都是个死人，只要是死人的东西就是遗物，哪有那么多讲究。

"空投！"瞥过头顶的飞机，夏春树调整位置，加大马力，向空投横冲直撞而去。

"别。"眼前的空投不由让刘世航想到不久前发生的血腥场面，他急忙说，"先让我下去，我不要空投！"

此时此刻，刘世航迸发出了强大的求生欲望。

夏春树没搭理刘世航，眼里心里只有空投这个妖艳货色，眼看空投近在眼前，她忽听"啪嗒"一声，然后她眼前黑了。

愣了几秒，夏春树砸了下键盘，摸黑朝门外走去。

"夏春生！"

夏春生围着浴巾从里面出来，说："不是我。"

夏春树皱着眉头很是不满："怎么回事啊？"

夏春生擦拭着湿漉漉的头发，道："物业今天早上说电力维修，明早才来电。"

"干吗不早说……"夏春树头疼地揉了揉蓬乱的发丝，"我这打游戏呢……"

黑暗中，夏春生唇边带着一抹笑："反正吃不了鸡。"

夏春树呼吸一室："说什么呢，信不信我打你？"

夏春生一脸无赖相："我就穿了条浴巾，到时候掉下来……"

想起那个画面，夏春树一阵恶寒，她抖抖肩膀，没搭理春生，重新回了屋，用微信联系了天使。

夏春树："我家停电了，你们打。"

想了想，夏春树又说："你和刘世航把我的包舔了吧。"

此时，刘世航已经找了另外一辆车，径直开到季青临面前，说："走吧。"

"等一下。"

季青临到红车前，默默地把身上的所有药包放在车边，最后还留下一百发 5.56 子弹。做完这一切后，他才默不作声地上了刘世航的车。

因为停电，夏春树那边的直播已经停了，但其余观众在刘世航的直播间目睹了全程。

观众疯狂在弹幕上吐槽着夏春树。

"仙儿姐曾经弄死过天使，哎呀妈呀，一对比真是太让人感动了。"

"为什么我的眼眶突然红了呢？"

"@仙儿姐，求你以后做个人。"

"仙儿姐说'老子是仙女儿，不需要做人。'"

因为没有夏春树在，季青临打得很是沉默，加上刘世航也不是多话的，游戏乐趣瞬间少了一半。

刘世航突然想起天使儿的车技，于是提议说："要不你来开车？"

季青临很诚实："我不会。"

"没事儿。"刘世航腾开位置，"你开。"

他被赶鸭子上架赶到驾驶座上，神情凝重，开得格外小心。正在此时，季青临看到屏幕下方出现一行字：你用载具击倒了

woshishenxian。

季青临没回过神，又往后退了下，然后击杀数多了一竖。

他此刻的表情是呆愣的，眼神是茫然的，整个人飘飘忽忽如在云端，等他反应过来，才意识到自己击倒人了。

他打中了！

有史以来第一遭！

内心的喜悦无法言表，季青临双手离开键盘，拿出手机。

AWM："我打中人了！"

他那句话后面跟了一长串的感叹号，表达着他兴奋到无处安放的内心。

见季青临不动了，刘世航气急败坏道："哥！来人了，你在干吗？"

季青临正忙着打字："我拿人头了！"

这可是他在游戏里拿到的第一个人头，他迫切地想要和夏春树分享。

见他还是不说话，刘世航彻底慌了："我……我……兄弟！你也没电了？！"

枪声纷乱，游戏结束。

刘世航看着变灰的屏幕……怀疑人生。

这都是什么神仙操作？不就是撞了个人，至于吗？

夏春树已洗漱完毕，一出来就看到了季青临那霸屏的微信消息。

在游戏里宛如恶魔般残害苍生的夏春树内心毫无波动，但是，本着人道主义精神，她还是象征性地震惊了一下。

夏春树："真的？你真棒！不过你这 ID 是什么玩意？"

季青临激动得耳根通红，打字的手都不太利落："我要敬礼吗？"

夏春树："你不用敬礼。"

AWM："我能要奖励吗？"

夏春树乐了，说："你这字打错得够厉害啊。行吧，你想要什么奖励？"

季青临咬咬下唇，毫不犹豫地打字："我刚换了手机号，还没人给我打过电话，你能打来和我说一句'晚安'吗？"

点击"发送"后，季青临手捧手机，眼睛瞪得大大的，像个小媳妇一样等着心上人的回复。

夏春树好看的眉头一挑，笑了。要电话号就要电话号，搞得倒是复杂玄乎，但是……挺可爱的。

夏春树："好，你这要求太简单了。"

季青临按捺不住喜悦，脸上露出个小小的酒窝来。

夏春树："那电话号给我。"

他发过去一串数字后，躺在床上静静地等待着手机铃响起。

立刻，夏春树的电话打了过来。

"小天使，"黑暗中，她的声音格外清晰，又无比温柔，"晚安。"

季青临深刻感觉到自己的心脏被她的声音紧握住。

他眸中的欣喜逐渐转化为平静，接着是深邃的柔情。

他抚上自己的胸膛，嘴角勾了又勾，说出的两个字低哑清浅："谢谢。"

夏春树不由笑道："有什么好谢的，难不成没人和你说过'晚安'？"

季青临嘴角的弧度顿时收敛，他半抬起眼睑看着天花板，语气略显寂寥："没有，没有过了。"

从他的爸妈去世后，季青临已经很少睡过安稳觉，夜晚对他来说是无法触摸的魑魅，每分每秒都吞噬着他的身体，他会恐惧，然后会很疼，疼到只能蜷缩成一团躲在柜子里，等阳光将近时，疼痛才逐渐减轻。

所以"晚安"从来不存在。

夏春树似是意识到什么，嘴角的笑容淡了些，她不由看了眼窗外的月光，说："那我以后每天和你说晚安。"

听着这句话，季青临长长的睫毛颤动着，眼神中有期翼，更多的是不确定和怀疑："真的？"

"真的。"夏春树顿了下，"不过你要把你的五十万拿回去。"

季青临毫不犹豫就拒绝了："不要，其实我很穷。" 没等夏春树开口，季青临又说，"除了钱，我一无所有。"

夏春树保持着礼貌性的微笑，在挂断电话前说："那贫穷的我不配和你聊天了。"

"啪嗒"，电话挂断，留下季青临一脸委屈兮兮。

第六章
年费超级会员

　　和夏春树通完电话后，季青临一个人想了很多，想了从前的人生、日后的发展。他无疑是喜欢夏春树的，可是只有喜欢就够了吗？还是说每天留在家里和她打游戏就够了……

　　如果是那样，夏春树恐怕永远都不会正视他，在她眼里，他可能只是一个蠢笨的、什么都不会的游戏小白。

　　他必须要做出改变，也许那很艰难，可是他必须要走出那一步！

　　是不是只要变得优秀一点点，就能接近她一点点呢？

　　打定主意后，季青临在第二天清早找到了季渊然。他忐忑地拉扯着衣角，表情虽然不安，可是眼神无比坚定："小叔，我、我想去学校。"

　　季渊然并不意外，淡淡地笑着："想好了？"

"嗯。"季青临点点头，耳尖带红，"我还决定、决定住校。"

住校这一决定倒是让季渊然惊讶了一下，他说："也好，住校可以交一些朋友。那下周一就去怎么样？"

季青临拉扯衣角的力度大了些许，他僵硬地点头："可、可以。"

从书房出来，季青临靠着墙壁，修长的手指不禁抚上胸膛，黑亮的眸中有忐忑也有期待，虽然害怕，但这一次季青临的内心是从未有过的坚定。

他要好好学习，要从大学毕业，要走出社会，要做一个真正的男人，要——做配得上她的男人。

季青临抿唇，转身回房准备上学的东西。

季青临报考的是艺术系，然而考上 A 大后，他连校门都没有进去过，学业基本是在家里完成。因为他优异的成绩和作品，学校对此并没有什么意见。

晚上，夏春树的直播间。

自从上次拿过人头后，季青临有了飞跃的进步，虽然还是瞎，但起码不聋，懂得如何听声辨位了。

正在地上小心翼翼地猫着时，季青临突然看到天上有人在飞，季青临眨眨眼，以为自己看错，急忙打开倍镜。

他没看错，那是个人，背着三级包穿着三级甲，以 S 形螺旋走位在天空飞行。

"那个人为什么会飞？"秉承着不懂就问的原则，季青临向夏春树寻求答案。

正在此时，他又看到一人从地下钻出，对着天上的人就是两枪。季青临还没看到子弹，半空中飞行的人就变成盒子，直直地掉在季青临面前。

季青临诧异地问："他为什么会遁地？"

夏春树眼观六路，漫不经心地回："因为他们开了超级会员。"

季青临似懂非懂："开了会员就可以飞天遁地吗？"

"是。"夏春树一边说一边将前方的"伏地魔"爆头，"TX和蓝洞合作，这是会员福利。"

季青临点点头，若有所思，紧接着屏幕上的小人儿不动了。

"掉线了？"夏春树回神见季青临没了动作，她眨了下眼，生出一个大胆的想法，"他掉线了，怎么办啊？"

这话说完，深知她本性的观众很快在屏幕上给出了反应。

"仙儿姐，我求你做个人。"

"你要对我的天使儿做什么！"

"收起你那龌龊的想法！"

"请尊重你的队友！"

可惜，夏春树从来都不会尊重队友，正当她掏出手榴弹准备对着季青临炸过去的时候，季青临回来了。

"仙儿姐，我……我给了你一个惊喜。"他的声音腼腆，隐约带着激动。

夏春树蒙了，还没反应过来，就听到电脑传来"叮咚"一声。她眨眨眼，怀着好奇的心情切出游戏，然后看到一则弹窗信息——"用户XXX为您开通了年费超级会员，您可以享受以下权益……"

这傻子竟然……

夏春树眼皮子狠狠地跳着，迟迟没有开口。

季青临没有感觉出夏春树的无奈，语气带着明显的雀跃："现在，仙儿姐你也可以、可以飞天遁地了。"他调整着镜头视角，摩拳擦掌地等待着，"来、来展示一下。"

夏春树睫毛一颤，总算缓了过来，她重重叹气："心肝儿，我要是展示了，马上就会变成地上那个盒子，到时候你只能在清明烧香的时候见到我。"

她倒是想感受一下外挂"神仙"的心情，可要是真感受了，明天热搜就会是"仙儿姐开挂石锤""夏某开挂被抓，狱中高喊'我仙儿姐没有开挂'"。

季青临很茫然："为、为什么？"

夏春树一边向前爬，一边苦口婆心地说："从前有个人很厉害，当然距离我还差那么一丢丢，他很厉害，人人尊称他为'姥爷'，最后他凉了，上天做了神仙，你知道为什么吗？"

"不、不知道。"

"因为他明明是'神仙'却说自己是凡人，还说是其他愚蠢的凡人嫉妒他的才华才污蔑他是'神仙'，结果人们发现他真的是'神仙'，最后他就真的去天上做了神仙。"夏春树一口气说完，又问，"明白了吗？"

季青临茫然摇头："不、不知道。"

夏春树摇摇头："就是他们开挂了。你这人怎么非要我说得这么清楚。"

季青临恍然大悟，长睫微颤，义愤填膺道："那、那他们太过分了！"

下一秒，季青临急匆匆地切出游戏，一边疯狂点动鼠标，一边着急地说："我、我现在去、去取消你的超级会员，不能、不能让你上天做神仙。"

夏春树的脸上写满了"这小老弟是不是有毛病"，她以为自己解释得够清楚了，可是……说了半天他还是什么都不懂，还是不明白会员和外挂没什么关系！

就在两人说话间，毒圈已经快要缩过来了。

夏春树急忙跨上小摩托，带着季青临准备绕进安全区。

风驰电掣中，她的耳麦中传来季青临的声音："仙儿姐……"

"嗯？"夏春树淡淡应了声。

他又叫了声："仙儿姐……"

夏春树面露不耐烦："干吗？"

季青临："那边是不是人啊？"

"哪边？"夏春树转移视角，并没有看到其他敌人。

"哦。"他说，"看错了。"

"你玩儿我呢？"

就这么一分神的功夫，夏春树被安全区内的人击中头部，直接倒地。

眼看季青临要过来救她，夏春树急忙往后爬了下，说："那货有 AWM，你开着车向三点钟方向跑，不用管我。"

"不用管我"四个字铿锵有力，让季青临无比感动，然而深知夏春树本性的观众们可不是那么想的。

"仙儿姐你变了，你以前都是疯狂让队友救你的。"

"仙儿姐经典语录：'别管自己，快救我！'"

"仙儿姐经典语录二：'救完我再死！其他两个不会当肉盾吗？'"

季青临从感动中抽神，急忙跨上摩托车。可是……三点钟方向在哪儿啊？！

慌乱间他也顾不了那么多，直接开着小摩托歪歪扭扭地向后跑，顺便还撞死了在地上苟延残喘的夏春树。

看着变成盒子的自己，夏春树哭笑不得："你这车技挺好的。"

季青临很是谦虚："是你教得好。"

她原本是想骂他的，可是想想……死人没资格说话。

夏春树 M 键打开地图，用鼠标在上面标记了个黄点，和季青临说："你先去我标的那个点，我教你怎么打。"

"好。"

看着季青临到了地点后，夏春树说："看到四点钟方向那个石头了吗？那里有一个人，另外一边也趴了两个，他们都在圈外，等毒圈过来那两队人肯定会打起来，你要做的就是趴在树后面不要动。"

季青临很乖地按照夏春树说的去做了。

存活人数以肉眼可见的速度减少，缩圈前三十秒，如夏春树预料的那样，两队人马展开了交锋。

这是季青临第一次独自活到决赛圈，他因为紧张而呼吸急促、口干舌燥，心跳更是该死的快。枪声近在耳边，季青临瞪大眼睛眨也不敢眨。

"现在打三点钟方向站起来的那个人！"

季青临喉结滚动，拿着 M416 就是一阵打，然而——

"你打的是树！按 E 键侧身，蹲下直接打，不用开倍镜！"

季青临吞咽一口唾沫，侧身后瞄准敌方，一阵连发后，对方倒地。

此时毒圈又缩，还剩下一个人，还不知道在哪儿。

季青临彻底慌了。

夏春树沉下脸，问："你有多少药？"

季青临从没有经历过如此紧张的时刻，声音都在发抖。他深吸几口气努力控制着自己的情绪，说："七个急救包，两个医疗箱。"

"够了，现在开始打药，不要停，一直打药。"

让季青临上去刚枪是不可能的，现在只有拼药一条路，两人现在都在圈外，谁先动谁就输。

季青临紧张兮兮地疯狂打药，血条变红时，屏幕一变，显示：大吉大利，晚上吃鸡。

"强！无敌！"夏春树没忍住拍了下桌子，比自己第一次"吃鸡"还要开心，"我就知道你很有天赋，你今天成功地证明了自己。"

观众也疯了，热烈程度赛过夏春树"吃鸡"时。

大红的弹幕全部都在刷"感动中国天使儿"，不知道的还以为他是做了多伟大的事呢。

"我竟然有些感动！"

"前面的，我也是！"

"看着一个菜鸡第一次吃鸡，眼眶突然红了。"

"能在仙儿姐手底下活到现在，真让人热泪盈眶。"

季青临定定地看着屏幕上的八个字，夏春树欣喜的声音就在耳边，可是他像是傻了一样，迟迟没有给出丝毫反应。

　　夏春树很快冷静了下来，端起水杯喝了一口，说："当然，还是我教导有方。"

　　弹幕疯狂吐槽她不要脸，夏春树目不斜视地关闭弹幕，假装自己没有看到。

　　见时间差不多了，夏春树悠闲地伸了个懒腰，和直播间的粉丝说："弟弟明天开始住校，一想到他要离开五天，我就非常难过，决定去找他交流一下感情，表达一下姐姐对他的想念，所以今天就……"

　　"春树！谁让你收拾我行李了？"

　　没等夏春树话说完，夏春生就气急败坏地进来了。

　　"再说了，我是偶尔住住，又不是不回来了，你把我一年四季的衣服都放进去是什么意思？"

　　面对冷着脸的春生，夏春树秒变尿包："我这不是……怕你没衣服穿吗？"

　　"呵。"春生冷笑，双手环抱看着她，"你别以为我不在家就没人管着你了，我会随时回来侦查，如果让我看到你背着我做什么见不得光的事儿，我就告诉妈。"

　　夏春树面露不屑："你说得那么厉害，结果只是告诉妈啊？"

　　夏春生呼吸一室，忍无可忍地低吼出声："夏春树！"

　　眼看弟弟真的生气了，夏春树不敢继续逗弄，乖乖地低头认错："对不起！"

　　春生扫了眼直播，看到那个熟悉的 ID，他皱皱眉，万万没想到自己姐姐还和这个菜鸡玩儿。他心里有些不舒坦，气哼哼地出了房间。

因为夏春生的关系，夏春树无奈提前下了直播，出门去帮春生收拾行李。她这认命的样子让粉丝纷纷调侃说"仙儿姐曾经也是个王者，直到遇到她弟弟"。

春生虽然在A大有宿舍，可他住校的次数屈指可数，他平常都是走读，这次住校主要是为了完成学校布置的一个课题。

夏春树对此表示喜闻乐见。弟弟住校就表示她自由了，表示她可以和狐朋狗友胡吃海喝，每天玩到几点回家都没关系。

夏春生用眼睛余光扫了夏春树一眼，又淡淡收回，说："我这里有你所有朋友的联系方式，如果你哪天不回家，或者玩到半夜……"

夏春树忍不住了："到底我是你姐姐，还是你是我哥哥啊？"

一个姐姐被弟弟管得这么紧，这简直就是对她人格上的侮辱！

"要是哪天我结婚了，你还这么管我，我老公肯定吃醋。"

夏春生有些不耐烦地推着她出去："那你赶紧去找老公，到时候我三跪九叩谢谢他收了你这么个祸害。"

"啪"的一声，门关了。

"喂！"

夏春树心想：今天这是又吃错了什么药？

天气微阴。

A大校门口停着一辆越野车，夏春树帮忙把东西抬下去后，揉了揉弟弟蓬松的头发："我帮你拿进去吧。"

"不用。"夏春生想也没想就拒绝了。宿舍几个同学都是玩《绝地求生》的，还有两个还是夏春树的粉丝，要是让他们知道自己的姐姐是夏春树，那他以后就没什么安生日子了。

夏春树瞥过那大包小包，问："真的不用？"

夏春生点头："嗯，不用。"

"那我可走了？"

"拜。"

夏春生拎着东西，头也不回地进了学校大门。

夏春树目送他远去，才驱车离开，一辆黑色轿车与之擦身而过。

车是名车，顿时吸引了过路学生的注意。

车内，季青临抱着书包，手绷得微红。

季渊然用余光看了看他，大手轻轻抚过他的头顶，柔声说："到了。"

季青临讷讷地应了声，半抬起眼睑忐忑地看着他。感受到季渊然笑容里的鼓励后，季青临深吸一口气下了车。

"我、我进去了。"说是这么说，可他拉着书包带子杵在原地动都没敢动弹，一双清明的眼睛清楚地写着恐惧与担忧。

"青临，"季渊然鼓励他，"你不要紧张。"

季渊然很清楚，季青临的结巴并不是生理上的缺陷，而是因为害怕、紧张，他又不善表达，所以才无法说出一段完整的话。

季青临点点头，背着书包，拉起行李，一步一步进了 A 大。

穿着灰色格子羊绒衫的英俊男生很快吸引了大片目光，他身高腿长，后背微微佝偻，眼神中的冷漠让他看起来像是个流浪诗人，透着股高冷的颓废。

察觉到其他人好奇的目光，季青临垂下眼，不动神色地往旁边移了移。

他找不到男生宿舍，想去找人询问，却又胆战心惊地害怕着。

看着来来往往的陌生路人，看着眼前偌大的校园和世界，季青临心里突然打起了退堂鼓。

正在此时，一道身形映入眼帘。

那人走在树影斑驳的小路上，穿着白衬衫、西装裤，双腿修长，脊梁挺直，一头黑发浓密，桃花眼，高鼻梁，一副生人勿近的贵公子模样。

在看到那双眼的瞬间，季青临怔了下，竟在这人身上看到几分夏春树的影子。

他无所适从的心突然找到归处，见那人拎着行李，于是他忙不迭地跟了上去。

去男生宿舍要经过一片香樟树林，这里号称A大约会圣地，不少情侣都喜欢在此处幽会。由于是白天，幽静的石板小路上并没有什么人，轮子在地上发出响声，同时还伴着脚步声。

夏春生用眼角余光向后扫去，他故意放慢脚步，身后那人也慢了下来；他加快速度，身后那人立马匆匆跟上。最后，夏春生驻足，那个傻大个身子不稳，险些撞上。

夏春生回过头，看到一张陌生的脸。

"你也是住校的学生？"夏春生的声音是特有的干净冷淡，季青临有片刻的愣怔，仰起头呆呆地看着他。 好像……出现在夏春树直播间的弟弟也是这个声音。

季青临抿抿唇，鼓起勇气回应了夏春生："是的。"

夏春生颔首，不冷不淡地介绍道："我是计算机系的夏春生。"

春生……

季青临抬起头，若有所思，他定定地看着夏春生片刻，突然涨红了脸——

小舅子！

这就是他未来的小舅子！

季青临很想给他来个热情的拥抱或者是幽默的自我介绍，然而话到嘴边只有两个字——"你好"。

夏春生沉默，他总觉得眼前这人……像是地主家的傻儿子，浑身上下透露着一股不忍直视的傻气。

走了一小段路，夏春生又听他说："季青临。"

又走了两步，"艺术系"。

第三步，"刚住校"。

夏春生停下脚步，扭头看他："你为什么不一句话说完呢？"

季青临委屈，他说的就是一句话，只是语言系统有些卡顿，又不是他的错。

季青临的宿舍在402，当两人都停在402门口时，都默契地扭头相望。

"你也住这儿？"

"嗯。"

同时推门而入后，两人只停了一秒又同时关门。

夏春生张张嘴，欲言又止。

季青临抿着唇，哑口无言。

夏春生深吸一口气："所以我就不想住校。"

季青临眨眨眼，拉开背包，从里面抽出一个口罩和一副眼镜递给了夏春生。

夏春生垂眸看了眼，对着印有巴宝莉 logo 的口罩和叫不出名字但一看就知道很贵的眼镜静默。

季青临拿着东西的手一直没有放下，他垂着睫毛，有些委屈，心里觉得夏春树的弟弟肯定是嫌弃他……

正要收回手时，夏春生说："你戴着吧。"

季青临眼睛亮了："我还有三副。"

季渊然怕他不够，所以给他带了很多。

于是，夏春生什么也没说地接过口罩和眼镜戴上，看季青临也准备好后，春生深吸一口气，说："我要开了。"

季青临激动地点头，重重"嗯"了声。

"啪嗒"，门开了。

室内的情况几乎可以用生化战场来形容。

床上被子散乱，地上堆满垃圾和纸团，几双臭烘烘的球鞋随意散落在地上，桌上满是泡面盒，肥大的苍蝇绕着垃圾四处飞舞，即使他们带着口罩，也依旧能闻到那难闻的酸臭味。

春生先把窗户打开通风，然后说："我扫地，你擦桌子，一会儿我们一起扔垃圾。"

第一次被邀请打扫家务的季青临兴奋异常："好！"

夏春生常年照顾夏春树，对家务这事儿非常在行，他卷起袖子，拿起扫把就开始扫地。季青临没做过家务，但整理整理桌子还是会的。

季青临拿起桌上的杂志，问："杂志？"

夏春生扫过一眼："垃圾，丢掉。"

季青临打开翻了翻，脸立马红了，手足无措地把低俗杂志随手塞到了抽屉里。

夏春生把地扫完，又用泡过消毒水的拖把擦了两遍地板，才发现季青临还在和桌子挣扎。

他叹了一口气。这一看就是没做过辛苦劳动的大少爷，和自家姐姐一个德行，不，他还好点，不管会不会起码还帮忙了，不像是夏春树……

"你帮我把垃圾丢掉，我来擦桌子吧。"

"好。"顿了下，季青临又问，"丢哪里？"

夏春生先是看了看天，然后叹了口气，最后像是认命一样和季青临说："算了，你把床铺整理一下，一会儿我们一起去。"

"好。"停了会儿，季青临挠挠头，不好意思又腼腆地冲他说，"我不会……"

夏春生是眼神里满是疑问。

季青临嗫嚅道："叠被子。"

夏春生沉默。

得，这还不如家里那个大小姐呢。

夏春生觉得自己天生是个劳碌命，他认命地擦好桌子、叠好被子、把乱七八糟的脏衣服一股脑丢进洗衣机后，意味深长地看向季青临："我有个姐姐，你们一定很配。"

季青临先是一愣，然后一喜，心里忍不住小鹿乱撞。

这是……小舅子承认他了？

于是他说："我有个叔叔，他一定也是这样觉得的。"

夏春生一脸疑惑，这是自己承认自己废材了？

他觉得这人挺有趣的，蠢归蠢，但胜在有自知之明。

在夏春生辛辛苦苦忙了一上午后，其他两个舍友终于谈笑风生地回来了。

他们看了下发亮的地板，又看了下脸生的季青临，摆了下手，说："不好意思，走错了。"

刚走两步，两人又一溜烟跑了回来，瞪大眼睛不可置信地看着闪亮干净的宿舍和冷着脸的夏春生。

"夏春生！"

"你又回来了？"

眼前的两人一高一矮、一胖一瘦，高的白白净净清秀样，矮的白白胖胖像萝卜。

两人一前一后进了门，看着闪亮的地板和飘着清香的宿舍，不约而同地瞪大了眼："这、这是你打扫的？"

哎呀妈呀，真是耀眼到不能直视了。自从春生搬出去后，他们住的宿舍向猪窝发展，今儿应该是最干净的一次了。

夏春生冷哼一声，道："我们把衣服和床单都洗了，还有那些臭鞋，我全给丢出去了。"

胖子一听，眼睛倏地瞪大，鬼叫出声："那是我新买的耐克，你给我丢哪儿了？"

春生冷笑："谁知道……"

"夏春生你不是人！"胖子想也没想地跑下楼去翻垃圾桶，

一会儿又拎着臭烘烘的鞋跑了回来。

最后两人才注意到杵在一边的季青临，问："你是新搬来的？"

"嗯。"季青临认生，低低应了声后便没说话了。

他沉默时愈发阴沉冷漠，让人无法接近。胖子和瘦子僵持在原地有些尴尬，他们都是自来熟的人，最不善和这种话少高冷的人打交道。当然，夏春生是个例外。

此时，夏春生打破了沉默："他叫季青临，艺术系的。"

"季青临……"胖子挠挠头，"我怎么觉得这么耳熟呢……"他皱眉沉思着，突然眼睛一亮，"想起来了，你就是那个传说中只闻其名，不见其人的艺术系才子季青临？"

胖子的视线上下扫过他："久仰久仰，我叫欧阳浩辰……"

夏春生不给面子地打断胖子的自我介绍："他叫胖虎，那个叫尚东山，都是计算机系的。"

得知眼前的人是只闻其名、未见其人的大佬后，胖子和瘦子也不在乎他高冷不高冷了，对着季青临一阵追问。

他们的热情顿时吓到了好久没见过生人的季青临，他缩着脖子往春生身后靠了靠，好看的唇紧抿成线，任凭他们怎么叽叽喳喳就是不肯说一句话。

看出了季青临的不自在，夏春生不动神色地转移话题："我们帮你们打扫了宿舍，午饭你们请，我要牛腩饭。"

"成！"胖虎拍拍肚子，笑眯眯看向季青临，问："临子你要什么？"

"临子？"季青临总算有了动静。

春生无奈地解释："他们爱起小名，随他们叫。"

这感觉还挺新奇的，他活了这么久也没人给他起过小名，就连家人都没有起过。

看着眼前的两人，季青临突然放松下来，说："和春生一样。"想了下，他又问，"那春生的小名是什么？"

胖虎和尚东山相视一笑，很是意味深长。

季青临有些迷惑地看着夏春生。

沉默几秒后，夏春生无情地和他们说："我不要牛腩饭了，我要海鲜全套餐。"

胖虎以头撞墙，不甘地哭天抢地。

季青临第一次和同龄人接触，心情难免激动。

到了晚上，一群人早早洗漱完，夏春生坐在角落里，握着钢笔的手指精致有力。胖虎和尚东山在一旁，看着电脑发出猥琐的笑。

季青临好奇地凑过去一看，脸立马红了。

"你们、你们怎么看这种东西？"

夏春生抬了抬眼皮，淡淡道："不要怪他们，他们的脑子也只配装这种废料了。"

胖虎不乐意了："说得你没看过一样。"

"就是！"尚东山搭话，"我们里面你最不是东西了。"

夏春生不语，手指在面前的笔记本上来回敲打了几下，轻轻按下空格，两人面前的电脑立马陷入黑屏。

胖虎和尚东山齐齐傻眼。

"记仇小心眼"说的就是夏春生。

"临子。"胖虎抬手拍了下季青临的肩膀，苦口婆心地道，"以后离这种人远点。"

"我不。"季青临拉了把椅子坐到夏春生身边，双眸定定地看着夏春生，眼神隐隐带着温柔的情愫，"我就要挨着春生。"

夏春生被这眼神看得头皮发麻，不动神色地和他拉开距离，语音淡淡："季青临。"

听到小舅子的声音，季青临立马挺直腰杆："在。"

夏春生冷冷地说："我性取向正常。"

说得谁不是一样。

我总不能直接表明我对你姐姐有兴趣吧？

接下来，季青临的校园生活可谓是丰富异常，善良英俊的他在 A 大颇受欢迎，上到六十岁的教授，下到十八岁的大一学妹，都有事没事和他来个"命运的偶遇"。然而季青临不以为意，每天有事没事缠着夏春生，久而久之，他的追求者少了，然后一个帖子出现在了校园论坛上，主题是"一起来看 A 大美景"。

这个帖子很快被设为精华置顶，底下齐齐一片"截图舔屏"的声音。

夏春树有事没事也会看一下 A 大论坛，毕竟这也是她的母校，于是她点进去一眼就看到了置顶帖子，里面是一张偷拍的照片，拍摄地点在 A 大后园的天使湖，照片不甚清晰。

两个少年一个依靠着柳树，一个懒懒地坐在石头上，彼此都低头看着书，尽管脸看不清，但围绕在两个少年身边的岁月静好的氛围却不由让人屏住呼吸。

当真是 A 大的美景，光是看画面就让人心旷神怡。

夏春树眨眨眼，这画面美是美，可是怎么总觉得怪怪的呢？

她往下翻了翻，却被提示"网页 502"，再一刷新，帖子消失。这网页很显然被夏春生黑了。

正在此时，有电话过来。

是夏春生。

"姐，我一个很重要的论文材料放在家里了，能帮我拿过来吗？"

"成吧，正好我也有事找你。"夏春树从椅子上坐起，"东西在哪儿？"

夏春生："我书桌第二个抽屉里，放在最上面的那一本就是。"

"知道了。"挂断电话后，夏春树拿好材料，转身出门。

刚掐断姐姐的电话，手机铃声就响了，他看了眼来电，选择接通。

"春……"电话那头，季青临的声音委屈巴巴。

夏春生眼角狠狠一抽："你能好好叫我的名字吗？"

季青临："我有好好叫啊。"

夏春生想发火，可是想了想，觉得和这种人发火简直拉低自己的智商。

算了。

不生气，生气会变笨。

做好自我调节后，夏春生重新问季青临："怎么了？"

"我脚扭了。"季青临抽了下鼻子，"在香樟树林这儿，走不动了，你能过来接我一下吗？"

夏春生死死拧眉："你就不能让别人把你送回来吗？"

季青临说："我不想要别人。"只想要未来的小舅子。

夏春生揉揉太阳穴，说："那你等着，我过去。"

他匆匆下楼，老远就看到坐在树下长椅上的季青临。青年靠着椅背，茂密的树叶将阳光剪碎洒落在他肩头。像是觉察到夏春生的到来，季青临的视线转向他的这个方向，黑眸闪亮，仿若星辰。

夏春生放慢脚步过去，说："你怎么扭的？"

"有个学妹让我帮忙搬书。"

"烂好人。"夏春生嘲讽道，他原本想再多说几次，但在看到季青临委屈无辜的表情时，瞬间什么念头都没了，只剩无奈和无力，"那些人是故意找借口接近你，以后别做这种多余的事。"

说着，夏春生在季青临面前蹲下，说："上来吧。"

季青临爬了上去，说："那、那不是多余的。"他抿唇轻轻笑着，"帮别人，很幸福。"

在过去的时光里，他从来没被人需要过，一直都是在别人帮助着他，家里的保姆阿姨帮助着他，小叔叔帮助着他，游戏里不知名、不知姓的路人帮助着他，夏春树帮助着他。

季青临知道自己的一些行为很傻，可如果要在善良和理性之中做出选择的话，他愿选择善良，因为他相信，天上的父母会赞同他的决定。

正走着，夏春生突然停下脚步。

季青临发现春生正看着宿舍楼门口，顺着视线看过去，他脸上的表情瞬间凝滞，就连身上的血液都好像开始逆流。

暖阳下，穿着红色连衣裙的女子亭亭玉立。

她一头黑发浓密，皮肤白到近乎发光，五官精致，耀眼灼人，顿时吸引了不少视线。

季青临猛然反应过来，挣扎着从夏春生身上跳下来，结果不慎牵扯到扭伤的脚。疼痛让他闷哼出声，脚下一个踉跄，眼看就要摔倒，夏春生回过神，眼疾手快把季青临揽在怀里。

"你没事吧？"

看到这一幕，路过的迷妹发出惊呼。

而夏春树……有点不想活了。

她弟弟的性格她最清楚，有重度洁癖的夏春生哪会扶一个糙汉子，还那么关心地去问人家怎么样了？完了……

夏春生扶着季青临上前几步，说："姐，你想什么乱七八糟的呢？"

夏春树回过神，脸上露出个自认为和善的笑容，接着把手上的东西递了过去："你要的文件。"

"谢谢。"

"我有点渴，可以上去喝点水吗？"

"哦。"

夏春生应了声，看向季青临："你刚跳下去干什么？我背你上去。"

"不！"季青临反应极大地拒绝了夏春生，"我能、能、能、上、上、上、上……"

夏春树忍不住接口道："能上去。"

他耳根微红地说："嗯。"

然后他拖着受伤的脚一瘸一拐地爬着楼梯。

望着季青临瘦高的背影，夏春树总觉得他有些眼熟，等到了宿舍门口时，她终于想起来，指着季青临说："你……是季渊然的侄子？"

季青临一愣，点点头。

夏春树笑了下："之前季总邀请我参加酒会，给我看过你的照片。"

季青临不说话，哆哆嗦嗦地用纸杯给夏春树倒了杯水。

"谢谢。"她的眼神扫向他的脚，"是扭了吗？"

面对着夏春树，季青临哪里还能保持沉默，他努力告诉自己要冷静，努力控制着自己的舌头，可是话到嘴边："不小心、不小心……"

还是结巴。

"不小心扭的，我懂。"

夏春树坐在椅子上，心里总觉得还是不对劲，这孩子说话的语气怎么和天使儿一模一样？结巴一样，声音也差不了多少。

她小心地扫了他一眼，眼神带着怀疑。

不会吧？

"姐，你……"

"你别说话。"夏春树伸手拦住开口的春生，看着季青临，说："那个……我想问，你不会就是……Arios吧？"

Arios？

听到这个名字，夏春生也愣了。

听到自己的游戏 ID 突然从夏春树口中说出来，季青临有些紧张，但他知道这是一个绝妙的机会，他没有理由不去承认，于是他没有丝毫犹豫地点头承认："是我。"

果然。

一瞬间，夏春树的心里有了万千想法。

季青临是季渊然的侄子，季渊然又是狸猫 TV 的幕后 Boss，下令让自己陪打的不用想都知道是季渊然，季渊然之所以这么做是为了……

夏春树内心惊恐，这一切都不言而喻了。

就算心里震惊，面上也要端着。

夏春树依然笑眯眯地，起身拉了下夏春生的胳膊，小声嘀咕："出来，我有话要说。"

春生皱眉，但还是主动跟了上去。

"干吗？"

"弟弟。"夏春树拍着夏春生的肩，一脸严肃，"我接受你的选择。"

夏春生歪了下头，表情很是错愕。

夏春树一本正经："你要是真的喜欢，那就去追吧，父母那边姐姐会帮着你的。"

说完，她昂首挺胸扭头离开。

她装得潇洒，可还是很憋屈。

憋屈，憋屈死人了。

夏春树抹了把脸，正要驱车离开，车窗被人轻轻叩响。她打下车窗，看到夏春生长臂抵着车身，垂下的眼睑遮住深邃的眼眸。

夏春树吸了吸鼻子，睨他一眼："干吗？"

他说："我没女朋友。"

夏春树有些想打人。

夏春生紧接着说："我的性取向也很正常。"

夏春树恍然大悟。

他突然勾了下唇："要是哪天突然不正常了，我会和你说的。"

"你敢！"

看着气急败坏的夏春树，夏春生抿唇温柔地笑了："不过还是谢谢你对我的支持，老姐。"

说完，他挥挥手，转身离开了。

看着夏春生的背影，夏春树心里只有两个字：气人。

不过也挺好的，起码这小子有朋友了。

夏春树静下心给夏春生发了条短信："周末的时候带朋友来家里玩吧。"

她放下手机，驱车离开。

晚上照常直播，夏春树原本只想和肖越他们玩玩，不准备再带上天使儿，哪想到刚上游戏她就被天使拉了上去。没办法，她只能和季青临继续双排吃鸡之路。

今天夏春树沉默很多，观众明显觉察出了不对，可是观众们也不敢打扰，纷纷安分下来，不敢像以前那样闹腾。

夏春树认真地搜寻物资，偶尔和观众来个互动，就是不和季青临说话。

知道季青临是自己老板的侄子后，夏春树突然对他生出了敬畏之心，就是不能再像以前那样对他大呼小叫了。

正愣神时，季青临说话了："仙儿姐，我送你个礼物。"

"嗯？什么礼物？"

"我刚学的，你到我身边来。"

夏春树好奇地走了过去。

季青临在夏春树身边绕了两圈，然后抄起一个燃烧瓶丢在了夏春树身上，很开心地说："仙儿姐，你现在切换武器，然后你会发现你屁股上出现一条小火龙。"

看着自己递减的血量，夏春树不禁陷入了沉思。

终于，人物倒地。

季青临眨眨眼，不明所以地看着被烧倒的夏春树。他觉得很奇怪，明明自己做就会有小火龙，为什么到了夏春树身上就没有了。

夏春树面无表情，生无可恋，开始怀疑人生。

季青临着急忙慌："我、我救你！"

"你别。"夏春树往后退了退，"让我苟延残喘。"

季青临很委屈："我就是想给你一条小火龙……"

"不，你不是给我小火龙，你是想让我变成小火龙。"

"我不是故意的……"

夏春树骂都懒得骂了，看着灰下的屏幕，终于忍不住说："你是不是对我有什么想法？"

所以才这样三天两头让她经历各种死法。

季青临一怔，对着屏幕出神。

他的舍友都出去了，宿舍里只剩下他一个人。

季青临张张嘴，声线喑哑："是有。"

"那你说，你对我有什么想法。"

等了片刻，她听到他低沉腼腆的声音："我能、我能喜欢你吗？"

季青临是紧张的，他的声音都在颤抖；他又是期待的，不然语调不会像糖一样甜。

夏春树正端起茶杯，闻言，茶杯一晃，几滴浅绿色的茶水不慎漏出，洒在桌面上，水迹缓缓晕染开。

她半天没有回答，弹幕却炸开了锅。

"告、告白？"

"妈妈！我粉的CP告白了！"

"快！答应他！马上！"

"前面的，我也是……竟然希望仙儿姐答应！"

夏春树的大脑宕机了三分钟，然后她直接切断直播，打开手机，调出微信，向季青临发出灵魂的拷问。

夏春树："你是怎么回事？"

AWM："是你问我的。"

夏春树哑然，是她问的，所以这一切是她的错喽？

她挠挠头，有些烦，几乎可以想象到明天的惨状，说不定还会上热搜——"仙儿姐被当众告白"。

嗯，会火。

夏春树："你别闹。"

AWM："我没闹。"

看着季青临的微信名，夏春树突然像是想到了什么。

夏春树："你先把你的微信名给我改了。"

AWM："我不。"

夏春树："我老公现在不是AWM。"

AWM："那是什么？"

夏春树："猪八戒。"

季青临沉默了一会儿后。

猪八戒："哦。"

夏春树彻底没脾气了。

夏春树："你现在在哪儿？"

猪八戒："学校宿舍。"

夏春树："你们学校对面有个咖啡厅，我在那里等你。"

她必须要和这小子说清楚！

等夏春树赶到咖啡厅时，季青临早就在那里等待了。她放下手提包，拉开椅子坐在他对面。

咖啡厅里只有他们这一桌客人，无比安静。

季青临抬起头，像是害怕触及她的视线一样，只看了她一眼便匆匆低下头。

夏春树静静地打量着季青临。白天时她没有好好看，如今离得近了，她才发现这小子有一副耀人的五官，尤其是眼睛深邃又干净。

如果是十八岁的夏春树，她肯定毫不犹豫地答应季青临。然而她现在不是十八岁，而是二十四岁，她是一个理智的成年人。

她语气平静："我希望你收回刚才说的话，并且在明天直播时和我的粉丝做出解释，我不希望你的言论影响到我的发展和前途。"

她说得很直白。

季青临的长睫颤了颤，眸中的星光忽然黯淡下去，他说："我不。"

夏春树没想到他会如此坚定地拒绝她，顿时愣住："什么？"

"我……我不！"季青临抬起头，眼底带着倔强，"我、我是认真的。"

夏春树似笑非笑，像是在看一个闹小脾气的孩子一样看着他："什么'认真的'？喜欢我是认真的？"

"嗯。"

望着青年那双干净的眼睛和微红的耳垂，夏春树笑出了声，忍不住说："因为和你打了几天游戏，你就喜欢上我了？这就是你的认真？"

季青临半是着急半是紧张，饱满的额头沁了层浅浅的汗水："不是……不是打游戏，更久前……"

他咬着下唇，修长苍白的指尖来回搅动着，他呐呐地开口："快一年了……"

夏春树愣怔："这么说，你为了接近我，所以说服你小叔叔，让我带你？"

"不是。"季青临摇摇头。这建议是他小叔叔主动提出的，当时他想接近夏春树的心太迫切了，于是想也没想就答应了。现在想想，季渊然做的一切都是为了他。

他心慌得要死，明明想要退却，却又比任何时候都要勇敢。

季青临看向夏春树，目光掠过她的眉眼，声音低沉："我、我喜欢你，才、才想接近你。我、我喜欢你，才、才想变好。春树，求你……求你不要讨厌我。"

说着，季青临眼眶红了，没一会儿，眼泪也出来了。

夏春树瞪大眼睛，眼中满是不可置信。

这……她还没哭呢，他哭个什么劲儿！

季青临压抑的哭泣声在这寂静的咖啡厅里格外突出，就连吧台的服务生都向她投来怀疑的眼神。夏春树一阵脸热，也顾不了那么多，起身坐到季青临身边，抽出纸巾手忙脚乱地往季青临面前送着。

"我们有话好好说，你别哭啊。"

闻着她身上的香气，听着她关切的问候，季青临的眼泪流得更凶了。

他抽抽搭搭地说："可是、可是我忍不住。"

就是委屈，就是难受，就是想哭。

嘤……

在游戏里，夏春树专打这些哭哭啼啼的，尤其是哭哭啼啼的男孩子，一枪一个"嘤嘤怪"，可是……

"好了好了，你别哭了。"夏春树放软声音安慰着季青临，拿起纸巾擦拭着他脸上的泪水，"你别哭，我什么都答应你好吗？不知道的还以为我怎么着你了。"

季青临那双被泪水洗刷过的双眸晶莹透亮，他眼巴巴地看着夏春树，说："那你、你不讨厌我？"

夏春生很是无奈："我又没说过我讨厌你。"

相反，她很欣赏季青临这类型的男孩子，虽然有点笨，可是认真，虽然总是在状态外，可是真诚。她没办法讨厌真诚的人。

季青临的眼中生出希望之火："那你能喜欢我吗？"

夏春树只想让他不要哭了，也没听见他说什么便连连点头："好好好，我喜欢你。"

哎？

夏春树蒙了。

季青临笑了："你说了，说话要算话。"

夏春树张了张嘴，没等她发出声音，季青临便站了起来，像是不给她反驳的机会一样："我要回学校了。"

视线完全被他的身影挡住，夏春树这才发现他很高，将近一米九。他的身形不算壮实，甚至可以说是瘦削，他气质像是涓涤过的琥珀一样干净，躲闪的眼神让他像匆忙逃离的孩子。

夏春树隐约觉得自己被他算计了，然而奇怪的是，她并不生气，甚至有些开心。她活了这么大，第一次被这么一个什么都不懂的小家伙算计，她感觉很新鲜，也很……奇妙。

两人一起走出咖啡厅。

夜风微凉，霓虹灯将二人的影子拉长。

他的眼角余光扫过她裸露在外的臂膀，长睫轻轻颤动，接着，他把自己的运动外套脱下，披在夏春树身上，然后什么也没说，朝着夜色深处走去。

看着他渐行渐远的背影，夏春树轻轻叫住了他："等一下。"

"嗯？"

季青临回过头，歪头的样子懵懂无知，更有几分可爱。

夏春树呼出一口浊气，冲季青临露出个浅浅的笑容："晚安。"

他怔了下，耳根微红。

"晚安。"

目送季青临离开后，夏春树转身上了车。

她一低头，看到肩膀上的外套，能闻到大男孩特有的清新味道，她愣住了。

等理智恢复，夏春树摇摇头，暗暗骂自己"有病，大半夜跑这儿来干吗了"。

第七章

视若珍宝

周六，夏春生带着室友回家做客，当然，只有季青临一个客。

身材颀长的少年穿着黑色 T 恤，因为自信了不少，他的后背不再佝偻，挺直的脊梁愈发显得他气质出众。

"姐姐好。"像是那天的事没发生过一样，季青临对夏春树甜甜地笑着。

她觉得碍眼，撇撇嘴，不动神色地移开视线："你们怎么回来的？"

夏春生说："骑车。"

夏春树有些纳闷："哪来的车？"

夏春生说："胖虎和尚东山的，那两个人有事儿来不了，我们就借来骑了。"

骑了一路，有些累，夏春生走进客厅，打开冰箱，拿出几瓶冰镇饮料。

季青临还在换鞋，动作很慢，像是故意拖延时间。

最后，他站起来，居高临下地看着夏春树，说："打扰了。"

"中午我们随便吃点披萨，晚上在院子里烧烤，"夏春生看向季青临，"可以吗？"

季青临："我都可以。"

"那就这样了。"夏春生说，"客房没收拾，你晚上睡我屋，我去书房睡。"

说完，夏春生领着季青临去楼上房间。

姐弟俩的房间紧挨着，夏春生开门的工夫，季青临小心地朝夏春树那头张望，对着房间正中的粉色电竞椅出了神。

他有些恍惚，想不到梦中的人就在身边，想不到梦中的场景会切切实实地发生。

心中突然涌出浓郁的幸福感，季青临轻轻笑着，跟着夏春生进了屋。

春生的房间大而干净，装修得简约单调，很有他自己的风格。

没一会儿，夏春树上来，好巧不巧与斜倚在门框上的青年撞了个正着。她不由抬眸瞥了眼季青临，一双眼对上他含笑的眸。

呼吸一室，夏春树移开视线，轻声说："我先回屋了。"

说完，她把门关上，再也没出声。

回屋后，想着外面的季青临，夏春树不由得有些心情烦躁。为了转移这种心情，她掏出几袋零食大口吃着，然后掏出手机点进微博，编辑微博。

是仙女呀："今天咕咕咕了。"

这条微博下很快有了评论。

"我是新来的，'咕咕咕'是什么意思？"

"就是鸽了。"

"就是直播飞走了。"

她一边嚼薯片一边翻着热门微博，不看还好，一看就发现自己成了著名娱乐大V"娱乐扒爷"讨论的对象。这个娱乐扒爷号称头号狗仔，不管风吹雨打都会出现在八卦的第一前线，有的没的、胡编的、真实的，统统都要被他扒一遍，圈里的明星艺人对他有着说不出的烦。现在倒好，他竟然蹭热度蹭到了夏春树这个女主播身上。

娱乐扒爷："昨晚八时，男粉丝向'是仙女呀'告白，此男粉丝曾向女主播打赏五十万。大家怎么看？手动滑稽。"

夏春树的目光从这条微博转移到了下面的评论。

"哪门子女主播啊？深夜女主播吗？"

"哈哈哈，说好听点是女主播，往难听说不就是……吗？"

"这个博主就是哗众取宠，现在竟然蹭热度蹭到了我仙儿身上，真以为仙儿姐没粉丝吗？"

"作为仙儿姐打赏榜前五的粉丝，我表示五十万真的不多……不过，仙儿姐你快和天使儿在一起！"

"高举'天仙'大旗！'天仙'永世长存！"

"天仙"是个什么东西？

怀着好奇的心，夏春树搜索了"天仙"。不搜不要紧，一搜吓一跳，"天仙"是她和季青临的CP名称，最早出现在她刚和天使儿直播的时候，其中最有热度的几条微博都来自同一个知名绘画博主。

芒果果汁："#天仙##绝地求生##是仙女呀#今天份的沙雕图。"【漫画九连。】

芒果果汁："#天仙##绝地求生#假如手残的是仙女儿。"【漫画九连。】

夏春树点开图，图中，清隽的少年很害羞地笑着。虽是漫画，但这人物神似季青临。

"天仙"这个CP在不知不觉间竟有了三十万粉丝和百万讨论热度，话题里每天都有人打卡，各种期待夏春树和季青临在一起。

夏春树盯着这些同人图笑了半天，才终于反应过来自己就是主人公，她急忙发微博。

是仙女呀："是我的技术不好还是我的脸不好看？你们竟然想让你们的老公找汉子？"

这话很显然是说给"天仙"粉丝的。

她这自我打趣的说话方式成功让粉丝把话题转向别处，渐渐地，关于五十万打赏的话题热度淡了下去。

此时，WY战队的微信群里也讨论着今天的话题，讨论得沸沸扬扬。

今天也要喊越神爸爸："我们青训队的小伙子都疯了，说女神脱单了，新郎不是他。"

夏春树："是粉丝们开玩笑，不要瞎说。"

肖越："不过那小伙子真和你告白了啊？"

叫我神仙："可惜了，我原本觉得我们越神更适合仙儿姐。"

昌安："不存在的。少年没听过那句话吗？电子竞技没有爱情。"

肖越："除非那人长得帅。没错，说的就是我。"

夏春树惊了，这货竟然这么自恋？

肖越："哎，你要不考虑一下我？"

夏春树叹了一口气，慢悠悠打字："袁隆平怎么就养了你们这么一群人呢？人吃饱了真可怕。"

这头的肖越低低笑了一声，对于拒绝不以为意，说："要不要去打一把 LOL ？我玩射手贼溜。"

"好啊。"夏春树放下手机，打开电脑。

正在此时，夏春生进来了，他问："我之前洗的那身睡衣你给我收哪儿了？晚上给青临穿。"

夏春树撇撇嘴："你叫得倒是亲热。"

夏春生的眼神有些无奈。

夏春树头也没抬，漫不经心地回道："你第二个柜子最下面的抽屉，我随便给你塞进去了。"

"哦。"夏春生正要出门，看到夏春树的电脑页面，他挑挑眉，"你要打 LOL ？"

夏春树："肖越要玩儿，我们随便打一把。"

夏春生："要不要一起？我正要教青临玩这个。"

夏春树手指一顿，紧接着摇摇头："不了，你们玩你们的吧。"

夏春树和肖越也不准备拿出大号，彼此都默契地开了青铜小号，准备去峡谷虐虐"菜"。

连好语音，进入游戏，肖越选了寒冰射手，夏春树随便选了个锤石辅助。

夏春树一边等着游戏加载，一边说："我那个菜鸡天使儿也要打，也不知道我们会不会碰上。"

说完这句话的下一秒，夏春树脸上的笑容僵住。她盯着"C++编程式"那个 ID 沉默了，如果没记错的话，这好像是她弟弟的网名。再一看，那个叫"手拿 AWM 的猪八戒"的人，是季青临没跑了。

见夏春树不说话，肖越隐隐察觉到了什么，说："不会吧？"

夏春树也很费解，无奈道："就是这么巧。"

这么大的峡谷，这么多的玩家，结果偏偏给撞上了。

怕对门听见，夏春树特意压低声音："我们随便打打吧。"

肖越低声笑了："好。"

青铜局说好打也好打，说难打也难打，因为在这里会看到各种神奇的配合、神奇的走位、神奇的打野。

夏春生显然也认出了夏春树，默默地在公屏上发了个省略号。

夏春树这边的打野不会抓人，肖越很快拿了一血，并且推了一塔，他发了"换线"两个字后，和夏春树一起去了上路。

正打着，夏春树屏幕左下角显示了对话框。

C++ 编程式（皮城女警）："呵。"

是仙女呀（魂锁典狱长）："哟。"

夏春树一转眸，就看到缩在角落里瑟瑟发抖的琴女，她勾了下唇，直接来了个大招拉到琴女，再配合肖越，很快拿下季青临的人头。

"我死了……"此时，夏春树听到门外传来季青临含糊不清的声音。

接下来夏春树也不再跟着肖越了，专门蹲琴女。龙坑蹲，龙坑蹲完草丛蹲，草丛蹲完上路蹲，勾住就是一个死。

C++编程式（皮城女警）："你别闹，他都要哭了。"

哭？夏春树才最想哭呢。

最后夏春树想想，觉得自己有点幼稚，于是卖了装备，主动到了季青临跟前。

看到夏春树，琴女显然想躲，但走了两步还是没动。

是仙女呀（魂锁典狱长）："给你杀一次。"

手拿 AWM 的猪八戒（琴瑟仙女）："不。"

是仙女呀（魂锁典狱长）："真的？"

手拿 AWM 的猪八戒（琴瑟仙女）："你是仙女呀，不能杀你。"

是仙女呀（魂锁典狱长）："难得你对着这个人物能说出这种话。"

对面投降，游戏结束，披萨也刚好送来。

和肖越说了声后，夏春树出门，好巧不巧对上了夏春生和季青临。

季青临垂着头，有些颓废。

春生瞥了眼夏春树，拍着好哥们的肩膀柔声安抚："她不是仙女，她是典狱长。"

季青临涨红着脸，低低呵斥："别、别说春树姐坏话。"

夏春生一阵无语，他只是在陈述事实，怎么就变成说坏话了？

下午，夏春树出门去买晚上要吃的烧烤材料，季青临死皮赖脸地跟了上来。

超市距离这儿不远，走路十分钟就能过去，也没必要开车。

一路上，季青临像个小媳妇一样跟在夏春树身后，时不时抬眼向她张望着。

她忍无可忍，停下脚步。

"你干吗偷看我？"

季青临怔了下，条件反射性地道歉："对不起。"

夏春树："我又没说你错了，你道什么歉？"

季青临脸上露出个小酒窝："那我能继续看你了？"

夏春树低低呵斥道："不能！"

她说得很坚决。

"哦。"季青临并肩走在她身边，低头一直看着自己的脚尖。

眼看他要撞上前面的柱子，夏春树忙伸手拉了他一把："你看路。"她都要被季青临气笑了，"你这孩子怎么傻了吧唧的，想什么呢？"

季青临的话脱口而出："想你。"

她一愣，随即别开头，二话不说大步向前。

两人到了超市，夏春树挑拣食材，季青临缩头缩尾地跟在她身后。

"你有什么忌口吗？"

季青临摇摇头。

"那你有什么想吃的吗？"

季青临没说话，眨巴着眼睛看向了夏春树后面的货架。

那里放着儿童视频，他正看着一个贴有蜘蛛侠图纸的零食扭蛋。这种扭蛋一般卖十五到二十元，里面只放着一颗糖或者只值几毛钱的塑料玩具，一般对儿童的吸引力较大。

"你想要那个？"见季青临一直盯着，夏春树问。

季青临的睫毛颤了下，他猛然低头，神色黯然。

夏春树默不作声地上前拿起那个蜘蛛侠扭蛋，轻放到季青临手上，说："这么大人了，别动不动不开心。"

季青临定定地看着夏春树，半晌，脸上露出清浅的笑容。

"春树。"他叫她的名字，声音很软、很甜，"谢谢你。"

他笑得像孩子一样纯洁甜美。

夏春树受不了季青临的笑容，别开头满不在乎地摆摆手："一个玩具，有什么好谢的。"

季青临捏着玩具。他没敢告诉夏春树——只要是她给的，他都视若珍宝。

结账的时候，季青临先夏春树一步说："我来。"

说着，他拿出钱包，取卡，刷卡，一气呵成。

结完账，季青临又非常主动地接过那几袋子东西，说："我来。"

看着季青临背影，夏春树歪歪头，小跑着追了上去，"天使儿。"

"嗯？"

她说："要不是看在你是我弟弟朋友的份上，我才不会让你来我家呢。"

害怕她跟不上，季青临刻意放慢脚步，然后低低地发出声鼻音："嗯。"

"'嗯'个锤子。"夏春树撞了撞他的胳膊，"你来我家吃饭可以，别的心思不准动，知道吗？"

忽地，季青临停下脚步，他空出的手猛然扯住夏春树。在夏春树还没有反应过来的时候，他把她抵在了身旁的电线杆上。

借助着身高优势，季青临牢牢地把夏春树锁在怀里。他长睫垂着，眸中一片深邃，干净的嗓音微微低哑："春树姐，我已经能让你感受到危险了吗？"

夏春树一愣，不由得抬头看他。

季青临唇边带着笑："如果是这样的话，是不是说明……我已经长成一个男人了？"

她总是把他当弟弟或者小屁孩对待，就算季青临不说，他心里也是有些不乐意的，如今夏春树的反应让他有些开心。

她会防着他，就说明不把他当小孩子去看待了，就说明……他能有机可乘。

"你放心。"季青临松开手，缓缓拉开二人的距离，"我会对你动心思，但我不会动手动脚。"

他扭头，给了夏春树一个无比傲娇的背影。

晚上。

第一次在外过夜，还是留宿在未来老婆家的季青临很是激动。

他平躺在未来小舅子的床上，双眸闪亮，精神异常好。

片刻，季渊然打来电话："朋友家住得还好吗？"

"挺好的，大家对我都很照顾，"季青临柔声说，"谢谢小叔叔关心我。"

季渊然轻笑，语气中带着欣慰："凡事你开心就好，有什么事不要藏着掖着，有什么不能对我说的，可以对你的朋友说。"

这番话听得季青临心里暖洋洋的。他愈发觉得以前的自己愚蠢可笑，手在被子上胡乱抓了两把。

季青临说："小叔叔，对不起，以前总让你为我担心。"

这段话很简单，但是诉说了他的内心。

电话那头的季渊然笑了一声，说："我是你的家人，担心你、照顾你都是应该的。"

"那……"季青临放轻呼吸，"我能结婚吗？"

他问得很是莫名其妙，让电脑那头的季渊然一阵愣神。

"没、没什么。"季青临意识到自己失态了，心跳如擂鼓。匆匆挂断电话后，他抱着枕头敲响了书房的门。

见没回应，他小心地拉开一条缝，探头向里面张望。季青临瞥到夏春生正在看书，不由感叹他真是认真，反观自己，每天都在玩游戏……季青临不由得羞愧地低下了头。

夏春生注意到了季青临，放下书，问："你鬼鬼祟祟地干什么呢？"

季青临回过神，嗫嚅着："我……睡不着。"

夏春树忍不住翻了个白眼，然后示意他进来。

季青临："有点冷，我能进去吗？"

夏春生屁股往里面挪了挪，季青临迫不及待地掀开被子躺了进去。

两个男人待在一个被窝里。

静默几分钟后。

夏春生说："我怎么觉得怪怪的。"

季青临："我也有点。"

两个人面面相觑，最后脸都红了。

夏春生忍无可忍："你脸红个锤子。"

季青临捂着发热的脸："我、我还是下去吧。"说着，他下床拉过一把椅子坐下，"其实……我有事想和你讨教。"

夏春生面无表情："说。"

季青临用欣赏的眼神看着夏春生，夸赞道："春，你一看就很聪明。"

夏春生眉头一皱，语气不善："你再这样叫我，我就立马让你滚。"

季青临像是没听见一样，眼神有些苦恼，他说："你说，我怎么才能让我喜欢的人喜欢我。"

面对他的问题，夏春生有些烦躁。他单身这么多年，哪里知道怎么追求别人？不过他还是耐心地充当起了邻家好哥哥："她是什么样的人？"

季青临笑得像个天真灿烂的孩童："很好的人。"

夏春生："具体呢？"

季青临："很好又好看的人。"

他的回答让夏春生一阵沉默，过了几分钟后，夏春生继续面无表情地对着季青临冷嘲热讽："如果陷入爱情的人都像你这样愚蠢，那我宁可永远单身。"

季青临无视了他这句话，继续问："你这么聪明，帮我想想办法。"

"好办啊。"夏春生挑挑眉，表情有些坏，"没听过一句话吗？'美貌是最强大的武器'。这句话对男人适用，对女人自然也适用，你就……"夏春生用眼神上下扫着他，"发挥你自己的优势，最后在她理智全无时把生米煮成熟饭。"

季青临摇摇头，更加颓废："我不会煮饭。"

夏春生叹息一声，朝天翻了个白眼，心想：这个人真的蠢死了，这么蠢的人到底是怎么长大的？

夏春生拉开抽屉，从里面翻出一个装满不可描述内容的U盘，说："拿去，快滚吧。"

季青临像是拿着宝贝一样捧着它，起身冲春生重重鞠了个躬："谢谢你，春生。"

夏春生有点困了，揉揉眼打了个哈欠，迷迷糊糊中听到季青临干净的声音："等我追到你姐，我肯定会报答你的。"

说完这句，季青临转身离开。

"嗯。嗯？"

愣了三秒后，夏春生这才反应过来，瞪大眼，一个鲤鱼打挺坐起来。

那傻蛋刚才说什么？

姐姐？

后知后觉的夏春生这才登录微博，看到了刷得火热的告白话题和"天仙CP"。

完了，他摊上大事了！他拿这小子当兄弟，这小子竟然想做他姐夫！

次日一大早，夏春生就敲响了季青临的房门。

季青临早已收拾整齐，他竟穿上了夏春生衣柜里的衬衫，胸前的扣子故意松开一颗，露出一片白皙的皮肤和精致的锁骨，袖扣扣得紧实，配上那冷淡的五官和无辜的眼神，无端多了几分禁欲的美感。

夏春生呼吸一室，大步上前："我、我昨天给你的东西呢？"

"看了。" 他回答，"没想到春生你喜欢那种类型。"

"闭嘴！"夏春生很烦躁，但怕惊扰到夏春树，于是刻意压低声音，"你把东西还给我，然后忘掉我昨天和你说的话，通通忘掉！"

季青临蹙眉："可是我没看完……"

夏春生冷笑："你还想看完一百多Ｇ？"

等他看完，自己外甥就要出来了！

夏春生越来越气："你还我。"

季青临不情不愿地把Ｕ盘给了夏春生。

夏春生拿上东西就要离开，走了几步又回过头，上下打量着季青临，说："穿你自己的衣服。"

季青临一听他要拿回衣服，心里顿时不乐意了，小声道："我就穿一下，回头再给你买新的。"

夏春生不耐烦："我不要新的，我就要这件，你穿得这么骚包肯定是想勾引我姐。"

看着逼近的夏春生，季青临不由抓紧胸前的衣服，小步后退着。他不服气地说："不、不是你说靠美色吗？"

"呵。"夏春生冷笑，"我要是早知道你想当我姐夫，我早就把你逐出家门了！衣服你脱不脱？"

季青临摇头："不脱。"

夏春生："我最后问一遍，脱不脱？"

季青临固执地摇头："不脱！"

"好。"春生卷起袖子，"那你不要怪我不客气了。"

说着，他上前开始动粗，准备强行扯下季青临身上的衬衫。

季青临常年宅在家，哪里敌得过每天运动的春生，没一会儿衣服扣子就崩开了。他很委屈，护着衣服趴在桌上就是不松手。

打得火热的两人没注意到他们过大的动作已吵醒了夏春树。

"啪嗒"一声，门开了。

夏春树盯着拉扯在一起的两人陷入沉思。等反应过来后，夏春树咆哮着把脚上的拖鞋丢了过去："夏春生，你干吗打天使儿？"

夏春生被砸得猝不及防，夏春树气得大步上前拉开春生，把被欺负得可怜兮兮的季青临护在身后，一双漂亮的桃花眼怒瞪着夏春生。

夏春生微喘着气，一脸从容，指着季青临说："他穿我衬衫。"

季青临缩在夏春树身后，语气中满是控诉："他、他扒我衣服。"

夏春树看了看别开头闹着脾气的夏春生，又看了看扯着衣服委屈巴巴的季青临，心里彻底没脾气了。

这俩是小学生吗？一件破衣服都能让他们吵起来。

"我不管，你把衣服还我。"说着，夏春生继续上前拉扯，势必要将自己的衣服夺回来。

"行了。"夏春树拦在二人面前，不动神色地把季青临护在身后，用责怪的眼神看着夏春生，"不就是一件衬衫，你给他穿一下怎么了？昨天你还主动借他睡衣穿呢。"

夏春生哑口无言。

自己要是早知道这是个黄鼠狼，怎么会把他领进家！怎么会借他睡衣穿！又怎么会让他睡自己的床！

"你也是，他要这件，你就不会脱下再换一件？"

说着，夏春树回过头，眼睛一阵发直，再也没了声音。

眼前的少年身材瘦削，体型却极美，皮肤又白，带着褶皱的衬衫敞开，露出他大片诱人的皮肤。顺着精致的锁骨往下，是结实的胸膛，再往下……是性感撩人的人鱼线。他裤子拉链松开半截，夏春树轻而易举地瞧见了那黑色的底裤和……

她不敢看了，脸上发烫，口干舌燥地别开头，说："我、我先出去了，春生你不要欺负人家。"

急急撂下这句话后，夏春树跌跌撞撞地跑回了自己的房间。

夏春树"啪"的一声将门合上，后背紧贴着墙壁。

她的心跳得很快，耳边回荡着自己凌乱急促的心跳声。她不敢闭上眼，只要闭上眼，就会想到季青临。

端起杯水一饮而尽后，夏春树冲进浴室冲凉。水声哗哗。

她的思绪非但没有平复，反而更加混乱。

她的脑海中不由自主响起了季青临那句"我喜欢你"。

也许从一开始，他就是为了接近自己。这个认知让夏春树有些恍惚，但是她并不排斥，只是觉得陌生和奇怪。一直以来她都把季青临当一个小弟弟看待，之所以那么关照他，是因为上头的嘱咐，也是因为他年纪小又懂事听话，但是她从来没想过要和他发展成恋人关系。

毕竟……人家是根实打实的嫩草。

夏春树越想越心烦，深吸一口气，匆匆擦干身上的水珠，随意裹上浴袍，一边擦头发一边出了浴室。

正在此时，敲门声传来。

"谁啊？"

"春树姐。"季青临低低的声音带着小心翼翼。

夏春树拿着毛巾的手一顿，眼神警惕起来，她问："怎么了？"

隔着一道房门，季青临的声音听起来含糊不清："我能进去吗？"

夏春树心里一个"咯噔"，很是警惕地说："你、你要做什么？"

季青临靠着门，眼神朝厕所张望。他好不容易才找了个机会，如果不快点，夏春生肯定出来揍他。

季青临咬咬下唇，急声说："春、春生拿刀去了！他、他说要砍死我！"

夏春树的眼神里带着怀疑。她可不知道春生是那么暴戾的人，不过想了想春生刚才的表现，她心里又忐忑起来。

季青临说完那句话后，门口半天没有动静，夏春树眨眨眼，往门前走了几步，耳朵贴在门上，发现外面静寂无声。

"天使儿？"

没声音。

"菜鸡？"

依旧没声音。

过了会儿，季青临急切惊恐的声音隔着门传来。

"春、春生你冷静点！别、别对我动刀子！"

夏春生还真敢动刀子？

夏春树心里一惊讶，想也没想就把门拉开。

眼前黑影闪过，夏春树还没来得及反应，季青临就挤身而入，并且重新将门关好、反锁。这一系列动作被他做得行云流水，夏春树看得目瞪口呆。

毛巾从手上掉落，她无暇分神，呆呆抬头。

站在面前的青年身材瘦削却也修长高挑，他那如鸦羽般柔软的黑色头发贴在饱满的额头上，浓眉下的双眸狭长而又深邃，一双黑眸正直勾勾地看着夏春树。

不说话时，男生显得压迫性十足，眉眼里的气魄竟和季渊然有些许相似。

夏春树吞咽了一口唾沫，不由自主地往后退了退，小声说："你骗人。"

"嗯。"季青临一副坦坦荡荡的样子，"对不起，我不该骗人。"

夏春树的眼角狠狠一抽，说："这就……完了？"

季青临："我妈说道歉就是好孩子。"

季青临的视线向下，看她一身打扮，又瞥见她往下坠着水珠子的湿漉漉的头发，他耳郭微红，咬唇移开视线。

片刻，夏春树听到青年腼腆的声音："你、你穿浴袍真好看。"

夏春树："这不就是一件普通的粉红色浴袍吗？"

夏春树长舒一口气，听到他的这句话，她顿时意识到眼前这孩子还只是个未经人事的毛头小子，不会对她造成什么威胁。

夏春树的心放松下去，她坐到化妆桌前开始上妆。

"你找我到底什么事儿？"

季青临特别乖地拉了把椅子坐到夏春树身边，双腿并拢，双手平放在膝上，板着脸的样子一本正经，看着她的眼神却充满忐忑与不安。

季青临的手指慢慢攥紧成拳，紧张的内心再次让他的舌头打结："我、我家是开、开公司的。"

夏春树满脸问号。

"有、有十几套房子……"

夏春树依旧一脸茫然。

他很不确定地接着说："大、大概吧。家业都是、都是我叔叔在管，我也不是、不是很清楚。"季青临眼巴巴地看着夏春树，"不过、不过我以后会有自己的事业，我想、想开工作室。"

最后，他深吸一口气，语气真挚笃定"我想以结婚为前提……和你交往。"

说完，季青临的眼眶红了。

夏春树的眼角狠狠一抽，语气无力："我要是说'不'，你是不是又要哭？"

季青临低头揉揉眼，又重新抬起头，说："我不哭。"

说完，他绷紧下巴，眼圈比刚才还红了一圈。

夏春树忍不住有些想笑，又觉得他可爱极了，内心柔软成一团。她不由地伸手在他脸上捏了捏，说："你看看你，和小孩子一样，要是我和你在一起，是不是都要听你的？"

他没说话。

"我要是不听你的，你是不是就要哭，就要闹，就要我顺着你？"

"你自己都不成熟，谈何结婚？"夏春树苦口婆心地说，"结婚是一辈子的事，不是小孩子过家家，也许你是喜欢我，但你能保证这种喜欢能持续一辈子吗？要是你的新鲜感过去了呢？"

季青临的脑袋重重低了下去。

他垂头丧气的模样像是可怜的小奶猫，委屈兮兮地等着人给他舔舐伤口。

夏春树却不准备安慰他，她觉得自己的话不重。

对于感情，她向来理性，也向来知道自己要什么。

夏春树眸色渐沉，说："我之前找过一个男朋友，我们在一起两三年，后来他为了前途和另一个女人在一起了，我走得很干脆。他也说过喜欢我，可是……"

"我知道。"季青临猛然仰头，"我、我除了你，不会找别的女人。"

季青临只喜欢夏春树。

因为她是他的小仙女。

不过今天她的这番话让他猛然醒悟。

他要想保护她，就要变得强大，强大的男人是不会哭哭啼啼的。

季青临站起来，说："我、我只有一件事想让你顺着我。"

"什么？"

"和我在一起。"

夏春树一怔，迟迟没开口。

"其他，都听你的。"季青临说，"不过，你说得对。我现在什么本事都没有，家里的十几亿家产都是我爸妈留下的。"

夏春树心想：突然有点想揍人是怎么回事？

"那春树姐……"季青临弯下腰，大眼睛深邃又闪亮，"等我大学毕业，能和我在一起吗？"

"啊？"

"等我大学毕业，你能、能和我交往吗？这段时间我会努力读书学习，变得成熟，让你喜欢。你能、能答应我吗？"他的眼神太过闪亮真挚，根本让夏春树说不出拒绝的话。

夏春树掐着手指算了下：现在季青临大二，距离他毕业还有两年多，鬼才知道这两年内会发生什么。自己不如先应下他，免得他日后纠缠。

这样想着，夏春树点头，说："成，我答应你。"

季青临笑了。

"那你也要答应我，要好好学习，不要想有的没的。"

季青临的目光深邃，笑容意味深长："好，那春树姐也要守信。"

"那肯定的。"

见她应下，季青临总算心满意足地离开了。

夏春树松了一口气，可回想起他最后说的那句话时，又觉得不对味起来。

这小子……总不能提前毕业吧？

不不不，不可能的，他傻了吧唧的，看着就不精明，别说提前毕业，能准时毕业就谢天谢地了。

季青临和夏春生一起骑车回学校。

路上安静，只有车轮转动的声音。

微风轻抚过他的头发，季青临闭上眼感受着拂面春风，内心的黑暗在此刻都烟消云散。

正在此时，夏春生的车撞了过来。

季青临重心不稳，好不容易才把控好没摔下来，他扭头看向夏春生："干吗？"

夏春生睨了季青临一眼，神色别扭，就连声音都透了几分不满："我今早去厕所的时候，你是不是去找我姐了？"

季青临一脸无辜："没有。"

夏春生语气里满是探究："真的？"

季青临点头："我怕你拿刀砍我。"

夏春生冷哼一声，顿了下，又问："说真的，你真看上我姐了？"

"嗯。"

"你看上她什么了？"

夏春生很是怀疑地看着季青临。他姐是很好看，可除了脸之外，一无是处。她饭不会做，碗不会洗，脾气暴躁，动不动就发火，他很难相信有人可以忍受夏春树那种女人。

季青临红着脸："好、好看。"

夏春生抿抿唇，猛地一脚踹过去，怕他报复，急忙骑车拉开距离，然后说："肤浅。"

"可是你姐本来就好看。"季青临追上去，"难不成你嫌弃你姐丑？"

夏春生又踹了他一脚："滚，我没这么说。"

话音落下，夏春生瞥到一道身影，他不由地扭头看去，目光顿时被吸引住。

站在路边的女人斜倚着红色跑车，她穿着黑色短裤，长腿笔直，利落的短发紧贴在耳侧。她特别好看，颜值仅次于夏春树。

察觉到夏春生的视线，女人看了过来。

她的一双杏眼镶嵌在那巴掌大的小脸上，可爱又生动。接着，女人冲夏春生笑了一下，小虎牙甜得很。

夏春生心头微动，匆匆移开视线。

"云芽。"季青临突然开口。

夏春生一愣，不由看向季青临，问："你认识？"

季青临摇摇头："法制频道的新晋主持人，我看过她的节目。"

法制频道。

夏春生定了下神，问："几点档的？"

"晚上七点，《今日法制》。"

季青临眯了眯眼，嘴角微勾了下，突然像是想到什么一样。虽然他现在是满肚子坏水，可表情依旧纯良："云芽比你姐大一岁。"

夏春生很是意外："你怎么知道？"

"她来过我们公司，我小叔叔和她认识。"季青临又淡淡地说，"我这里好像有她的联系方式和个人资料，如果春生能让我多去他家几次就好了，这样我就能把资料给他。"说完他叹气，语气颇为遗憾，"不过春生肯定不要，春生都要和季青临断绝兄弟关系了。"

夏春生心想：这小子怎么和之前不一样了？贱贱的样子倒是和自己挺像的。

夏春树觉得自己的混账弟弟和那个手残菜鸡季青临达成了某种不可告人的交易，要不然季青临怎么一到周六就出现在她家？两个人一回来就缩到房间，鬼鬼祟祟地不知在密谋什么。

夏春树心里好奇，又不好意思去问，就连直播时都关心着这事儿，以至于出现数次失误，惹来肖越无情的嘲讽。

"说起来你们家那个天使呢？"

几人新开了一轮游戏，肖越一边查看周边，一边问道。

夏春树漫不经心地回："不知道，他每天和我弟弟两个人不知道在捣鼓什么。"

嘴快就是容易犯事儿，她这话刚说完，屏幕上的弹幕就掀起一阵波浪。

"弟弟和天使儿在一起？也就是说仙儿姐和天使见面了？"

"跪求仙儿姐曝光天使！"

"跪求仙儿姐曝光天使！跪求！"

夏春树撇撇嘴，她早晚要给自己嘴巴安个开关，这样就不会嘴快乱说了。

不过说也说了，藏着掖着也没啥意思。

夏春树朝摄像头看了眼，说："你们家天使长得可丑了，一百八十斤，蒜头鼻，油性皮，眼角还有两个大瘊子，'见光死'说的就是他。"

　　观众明显不信，纷纷刷同一句话："我知道仙儿姐你不是看脸的人。"

　　夏春树面无表情，像是一个冷酷无情的杀手，说："抱歉，我就是一个看脸的人。"

　　说完，她用"喷子"把敌人一枪爆头。

　　这时，门被人打开了。

　　观众们一眼看到了从门外走进来的男人。男人长腿窄腰，端着餐盘的手好看得一塌糊涂。

　　观众们都熟悉了夏春生，一眼认出走进来的不是春生弟弟。最后那人一开口，直播间的观众们全部都炸了。

　　"吃水果。"熟悉的低沉声调，似乎还带着腼腆。

　　是天使儿！

　　这个认知让"天仙"粉都疯了。

　　"这要不是个帅哥我都不相信！这肯定是个帅哥！"

　　"快来吃这对 CP 啊！甜哭我了！"

　　"吃水果！啊啊啊，啊啊啊，我不想吃水果，只想吃天使儿！"

　　肤浅，一群只会看脸的人，真是太肤浅了！

　　夏春树扫了眼弹幕，说："你们能学我多看看内涵吗？"

　　没等观众回答，身后的季青临就说："你刚才还说你就是一个看脸的人。"

　　自己打自己脸的夏春树无语凝噎。

此时，一条弹幕很是显眼地飞到屏幕正中间："这都见家长了！四舍五入一下，就是结婚了啊！"

季青临的眼角余光一瞥，注意到了这条弹幕。笑意挂在他唇边，他的语气温润不少："不行哦，我现在还不能和春树姐在一起，等我变成熟才可以。"最后他委屈巴巴似是埋怨，"春树姐说我还是小孩子……"

这句话带出来的效果是爆炸性的，弹幕已经彻底没法看了。

"天哪！要不要这么奶！"

"你不是小孩子！仙儿姐不要你我要你！"

"我不行了，我的少女心。"

"天使儿过来，姐姐疼你！"

"太奶了，仙儿姐你真的不考虑一下？"

夏春树的眼角狠狠一抽，万万没想到这小子三言两语就收割了自己粉丝的心。不过也是，谁让现在就流行小狼狗、小奶猫，季青临不管从相貌还是性格都非常符合。

"你快出去吧，我还在打游戏呢。"

"嗯，那我去好好学习了。"季青临恋恋不舍地看了夏春树一眼，一步三回头地出了房间。

围观了全程的肖越笑出声："我看你这个天使儿怪可爱的。"

夏春树随口说："那你们在一起呗。"

谁知肖越说："我怕你打我。"

夏春树很是无奈，感觉身边和天使儿接触过的人都变得不要脸起来。

季青临重新回到了夏春生的房间，闷闷不乐地坐在书桌前，轻轻拉了拉春生的袖子，说："春……"

春生面无表情地纠正他："生。"

"春生，你姐姐以前的男朋友是什么样的啊？"

春生："人渣样。"

季青临眨眨眼："那她看上他哪点了？"

夏春生放下书，思索了一会儿，一本正经地说："我也很好奇。"

夏春树唯一一次谈恋爱是在她大学那会儿，那小子一穷二白，模样也一般般，智商看起来也不太高，就是会说话，油嘴滑舌，看着就让人讨厌。那会儿夏春生还小，利用自己的年龄优势疯狂笼络夏春树身边的闺密好友，让他们收集情报、从中作梗。无果，遂放弃。

后来夏春生无意间发现那人渣为了工作勾搭了自己的上司，便告诉了夏春树。夏春树也没让他失望，走得非常干脆，丝毫不拖泥带水。后来夏春生气不过，黑进了渣男的公司，把那两人的亲密照以邮件形式发到他公司每台电脑。这件事后，渣男销声匿迹，而夏春树顿悟，再也不接受任何人的追求。

夏春生觉得挺好，没男人又不会死，大不了他养他姐呗，哪承想横空出来一个季青临。

他越想越憋屈，看季青临越发不顺眼起来，对着季青临凶巴巴道："你滚开，别凑我这儿。"

季青临不恼，嘴角微微勾起很好看的弧度，他平静的语调微微带着喟瑟："我这儿有云芽的微信号。"

春生的表情立马变得和煦起来。仔细看看，季青临这小子还是挺顺眼的，起码模样比那个人渣男好。

季青临瞅着夏春生，问："你相册里那几张照片我能拿走吗？"

夏春生犹豫了一会儿，说："只能拿一张。"

季青临："那我能挑挑吗？"

夏春生干脆地应下："可以。"

夏春生翻出相册递给了他。

季青临美滋滋地打开相册，眼睛陡然一亮。他指着有些泛旧的照片，问："这是春树姐小时候吗？"

夏春生瞥了一眼，说："嗯，六岁的时候。"

季青临指向小女孩身旁板着脸像是黑面阎王一样的小男孩，笑着问道："那这个是春生？"

"嗯。"

季青临往后翻了翻，看着看着忍不住笑了："春生你小时候好胖。"

"胖"这个具有歧视意味的字立马引起了夏春生的不满，他曲起手指狠狠地在季青临脑门上弹了一下，说："你懂什么，我那叫婴儿肥。"

季青临没和他倔，最后从相册里扯出一张夏春树和夏春生的合照。照片中，二人站在充满午后阳光的操场上，穿着校服的夏春树明艳似火，她笑得干净，眼神里有季青临从未见过的光芒。

季青临的眉眼猛然变得柔和，充满缱绻柔情，仿佛被春雨洗过的太阳。

"我要这个。"

夏春生盯着他看了几秒，突然觉得他的眼神有些熟悉，最后突然惊觉，这眼神是他爸看他妈时的眼神。

也许……这个蠢货真的很喜欢他姐姐，就算他姐姐脾气火爆又懒惰，在对方眼里她也是珍宝一样的存在。

夏春生收敛视线，说："成。"

季青临："有剪子吗？"

夏春生："你要剪子干吗？"

季青临："我想把你剪掉，碍眼。"

夏春生："滚。"

最终，季青临只得作罢。

季青临小心翼翼地把照片放在钱夹里，准备等回去偷偷剪掉照片里的夏春生。毕竟没人在钱包里放自己老婆和小舅子的合照，太诡异了。

收好照片后，季青临开始和夏春生商量正事儿："春生，有件事我想和你说。"

夏春生掏掏耳朵："嗯？"

"我想跳级，我现在要把大三的学分修满，然后直接参加大四的升学考试。"面对着夏春生怀疑的视线，季青临挠挠头，不好意思地说，"春树姐姐，等我毕业就和我在一起。可是两年有点长，万一有别的野男人抢她怎么办。"

他输就输在了年龄上，如果他早些出社会，哪里用得着担心这种问题。现在的季青临无比痛恨以前宅在家里的自己，看看，他浪费了多少宝贵的时间。

看着季青临笃定的眼神，夏春生现在信了，这小子对他姐是真爱啊！

不过……

"你也是个野男人。"夏春生毫不留情面地说。

"我还不是男人呢。"季青临红着耳根，"不过、不过我想变成春树姐的男人。"

看着他害羞的表情，夏春生的鸡皮疙瘩掉了一地。

他不动神色地拉开自己和季青临的距离，丝毫不掩饰自己言语里的嫌弃："我先说好，我可不会叫你'姐夫'。"

季青临："好的，小舅子。"

"你再叫我'小舅子'，你就把照片还给我。"

季青临："云芽的微信号。"

"去你的。"

皮了会儿，季青临的表情认真起来，说："星期日是天行的周年酒会，我小叔邀请了云芽，你要不要也来？"

春生有些动心，但觉得这小子不会这么好心，他警惕道："你要干吗？"

季青临往他身边凑了凑，说："你能、能把你姐带来吗？"

"哦？"春生挑眉，笑得意味深长，"我姐也算是你们家的员工，作为主播一姐，按理说，这种大日子她也会去的，你怎么不主动邀请？"

季青临很是失落："要是我邀请，你姐肯定会拒绝。"

这倒是，夏春树说出等季青临毕业就和他在一起这种话，显然是变相地推脱，故意拉开二人的距离，自然也不会答应季青临的任何请求。

“行，我帮你。”

见他答应，季青临笑得非常开心。

季青临：“那谢谢你了，春。”

春生：“请你加个‘生’字。”

季青临：“好的，春。”

算了，不与傻瓜论短长。夏春生没再纠结称呼这个问题，心里全想着一些坑姐的坏点子。

★
第八章
小奶猫

　　自从季青临半身出镜后，网友们就对他的身份展开了热烈的讨论，各种猜测层出不穷。对此，夏春树并未放在心上。

　　直到周五晚上，WY 战队群给她发来一个帖子。

　　越神什么时候请客："仙儿姐，你们家天使儿被扒了，现在上了某乎和某涯热门，这是微博八卦博主整理的，网页链接。"

　　夏春树一脸茫然地点开链接。

　　发表这条微博的是某著名娱乐博主，就喜欢转载某涯八卦和某乎热门。

　　说娱乐 V："新八卦，之前和一姐告白的路人粉竟然是天行娱乐小少爷季青临，以下整理均来自某乎。"

　　不得不说网友的力量是无穷的，他们几乎把季青临扒了个底朝天。这条微博里，季青临的生日、体重都有，就连他小学在哪儿上的都写得一清二楚。

然而这些都不是夏春树关注的，她关注的重点是其中一段。

在季青临十二岁时，他的画就登上了《艺术鉴赏》，并且被冠以"天才"的称号。就这样，艺术造诣极高的季青临频频出现在公众面前。这个谈吐有理、温文尔雅的少年在当时引起不小的轰动。然而，树大招风，不久后就有人质疑季青临的艺术能力，并且说他的画只是三脚猫的功夫，根本没必要吹得那么高。

有了第一个声音出现，就有第二个、第三个……

越来越多的人认为这是季青临的炒作，加上他家境优渥，更让人认为他过去的荣誉都是假象，甚至有人空口白牙地说他的画都是找枪手画的。

网上的言论一天比一天过分，就算父母拼命删除话题，也难挡愈来愈凶恶的谬论。后来，为了证明自己，季青临上了一档名叫《超级大脑》的节目，利用三秒短时间记忆，闭眼临摹所看到的景物。可是，因为精神不佳，他发挥失常，得到一个非常惨淡的结果，这个结果彻底把这个少年推到风口浪尖。

夏春树沉着脸往下翻着，博主截了当时网友们的评论，上面几乎都是对季青临的辱骂和嘲讽。那些文字像是尖锐的刀刃，一下又一下地割着夏春树的内心。

这无疑是一场全民参与的网络暴力。

身为一个貌美的女主播，夏春树自然也经历过这些。黑粉会嘲她被包养、做过整容、潜规则上位，等等，可那些言论远不如她现在所看到的。

夏春树深吸一口气继续看，瞥到季父季母车祸去世的新闻时，她沉默了。

上面写着："网络暴力让季青临性情大变，他变得沉默寡言。即使过了几年，学校的同学依旧会拿此事当作笑柄讽刺欺负季青临。于是，一天夜里，少年吞下了大量安眠药。父母驱车送他去医院的路上，与疾驰而来的货车相撞……"

在这场灾难中，活下来的只有最不想活下去的季青临。

在那之后，季青临再也没出现在公众面前，接管季氏的是留学归来、英俊温润又狠厉冷漠的季渊然。

他控制风评，抹掉一切有关季青临的事，就连当时的节目都被删除得一干二净，慢慢地，所有人都不记得当时有个被网络暴力伤害过的少年。

夏春树关掉网页，心情莫名压抑。

她就说天使儿一开始话怎么那么少，还时不时结巴、时不时哭，她原本以为那是生理上的缺陷，没想到是心理上的原因。

在经历了那场暴力后，他能以什么样的勇气重新出现在公众视线中？

明知道她是风头正盛的女主播，明知道告白会给他带来什么，他却还是在五百万观众面前对她告白。

季青临是胆小鬼，动不动哭哭啼啼；季青临又是个英雄，即便畏惧，却没有逃避。

看着那些血红的恶评，夏春树双手紧握。她知道季青临是多么单纯的一个孩子，也知道他的内心有多脆弱。

现在……他会不会在哪里哭？

想到季青临那可怜兮兮红着眼眶的样子，夏春树的心软得一塌糊涂。她很想见他，很想在他耳边说一句"你是世界上最好的人"。

正在恍惚时，季青临的电话打了过来。

她半天才回过神，刚按下接听键，对方却已挂断。

夏春树怔了下，按了回拨，这次系统提示对方关机。

望着那黑掉的屏幕，她皱皱眉，想也没想地拿上包往外走，结果刚开门就撞上了夏春生。

"姐，我有话和你说。"

"等我回来再说。"撂下这句话后，夏春树火急火燎地往外赶。

夏春生拧起眉头，看着夏春树的背影，喃喃道："关于季青临的……"

最终，他耸耸肩，无奈地回屋。

季家。

在得知陈年旧账翻被出来后，季渊然当下从会议上赶了回来。

他松松领结，看向保姆："青临呢？"

保姆一脸担心："少爷一直在屋里，怎么喊都不出来，午饭都没吃……"

季渊然抿着唇，大步上楼，曲起手指扣响房门："青临，把门打开。"

里面没有动静。

季青临整个人都藏在狭小的衣柜里，这逼仄的空间像是笼子，把他紧紧地禁锢。

手机屏幕上的光照亮了半个空间，细碎的光影倒映在他的眸中，星星点点，却也阴冷淡漠。

　　他没有生气，手指麻木地滑动着屏幕。

　　有人说："这件事我也关注过，什么天才？不就是花钱买来的呗。"

　　有人说："所以有钱就是好。还自杀，真是孬种。"

　　有人说："是啊，自己想死就自己死去，还害死了父母，活着还有啥意思。"

　　有人说："我不同意仙儿姐和这种人在一起！他有心理疾病，万一不开心寻死，带上我们家仙儿怎么办？"

　　有人说："之前还觉得这对甜，现在想想，恶心死了。自杀还带上父母，万一哪天自杀又带上我仙儿怎么办。"

　　有人说："原来是假画天才。"

　　他们都在说——"垃圾""孬种""狗屎的天才""快点去死"。

　　这些文字突然在眼前化开，变成了扎眼的红。满眼的猩红将他淹没，身体骤然传来疼痛，然而这种疼远比不上内心的疼。

　　季青临呼吸急促，忍不住就开始害怕。

　　夏春树会不会也是这样看他的？

　　如果不是他任性，父母就不会死，如果不是因为他……

　　季青临的大脑被血红色完全覆盖，他全身战栗，嘴唇早就被牙齿咬出了血。

　　这时，传来季渊然的声音："青临，你先给小叔开门好吗？"

　　听不见，他什么都听不见，他只想找个地方把自己藏起来。只有藏起来，把自己藏好，才不会被人找到，才不会有人伤害到他。

外面全都是张牙舞爪的野兽，呼啸而来，咆哮着想将他撕裂成碎片。

季青临拉紧了衣柜的门，遮住双眸的长睫颤动着。

季渊然叹了一口气，拧拧眉，准备给夏春树打电话，就在此时，管家走了上来："季先生，门外来了个叫夏春树的小姐，说要找我们青临少爷。"

季渊然怔了下，马上说："让她进来。"

"是。"

没一会儿，夏春树匆匆忙忙地跑进大厅。

夏春树赶得急，脸上带着潮红，细汗沾湿了碎发。她左右环视，最后看到了季渊然，也顾不得那么多，直接小跑过去。

"季总，青临在吗？"

看着女孩儿着急慌乱的神色，季渊然竟忍不住露出一丝笑。

"在。"

"太好了。"夏春树松了一口气，"我能去看看他吗？"

季渊然从口袋掏出一把钥匙，说："二楼最里面，希望你能和他好好谈谈。"

季渊然抿了下唇，最终说："我哥嫂去世对他造成了很大的伤害，从那之后他就患上了社交障碍。认识你后他的症状有所缓解，校园生活也几乎让他变得和正常人一样，可是……"

"我知道。"夏春树打断他，"我会好好劝他的。"

说完，她接过钥匙，匆匆上楼。

到了门口，夏春树深吸几口气调整着自己的呼吸，又拨弄了两下微乱的头发，这才小心翼翼地把门打开。在看到里面的情形时，夏春树的神色骤然沉了下来。

他的房间很小，厚重的窗帘把窗户遮挡得密不透风，整个房间像是一个盒子，狭小得只能装下季青临一个人。

放眼望去，屋子凌乱地散着画纸，有些是随手的涂鸦，色彩混沌、压抑，没有一丝光明在里面，还有的是一些动物画像，它们无一例外都有身体上的残缺，眼神却怀揣着生的希望。

在遍布的画纸中，夏春树找到了她自己。

那张画端端正正地摆在角落，上面的她明眸皓齿，有着最干净、最美丽的笑容。他甚至为她画了骄阳，画了树荫，画了世间应有的色彩。在那一片或黑白或杂乱的画卷中，这一张是最温暖的。

也许在季青临心里，夏春树是他唯一明艳的色彩。在这苍白宇宙中，她是最绚丽的那道彩虹。

夏春树不由伸出手指触了触画上的自己，她怔怔地看着，半天才回过神去找那个大男孩。

她环视一圈，最后听到衣柜里有动静，像是呼吸声。她目光转动，小步走到衣柜前，盘地而坐，轻轻敲了敲。

"季青临，你在吗？"生怕惊扰到季青临，夏春生的声音压得很低。

听到夏春树的声音，蜷在里面的季青临大为震惊，接着是感到恐惧。他用力拉紧柜门，害怕得像是即将面临灾祸的小奶猫。

"你能出来吗？"

没有回应。

"那能让我进去吗？"

依旧没有回应。

季青临嘴唇颤抖，不说话，眼中闪烁着泪光和浓郁的惊恐。

隔着柜门，她似乎听到了季青临急促的呼吸声。

他总是很害怕的样子，以前夏春树不知道他在害怕什么，可是现在懂了。

夏春树慢慢地从地上站起来，说："既然你不让我进去，那我就走了。"

这句威胁对季青临来说是管用的，还没等夏春树迈开步子，柜门就被拉开一条细细的缝。

她勾了下唇，脱下鞋子后，慢慢拉开衣柜钻了进去。衣柜的空间有点小，一个人待着都觉得狭窄，两个人待着更是拥挤。即使在这个时候，季青临还是关心着夏春树，他生怕挤着夏春树，小心翼翼地往旁边缩了缩，好给夏春树腾开大一点的位置。

在这混沌的黑暗中，他嗅到了她发丝上的香气，暖洋洋的，如同太阳的味道。嗅着那股气息，季青临的内心无端变得宁静下来。

夏春树瞥见他手上的手机，视线上移，看到他苍白的脸和黑漆漆的没有光芒的空洞双眸。

夏春树整理了下措辞，说："你给我打电话，是想说什么？"

季青临低眉顺眼，抿唇缄默。

夏春树小心地靠近他，问："你想和我说你不是他们说的那种人，对吗？"

季青临的睫毛似是轻薄的蝉翼，轻轻颤动着，他低声一应："嗯。"

"我当然知道你不是那种人。"夏春树往他那边凑了凑，柔声安抚着，"你不是说想变成成熟的大男人吗？那这次你就去做吧。"

她顿了下。

"等你摆脱了这个心结，我就答应你，"她说，"和你试试看。"

"试试看"的意思是……

季青临终于抬起头，难以置信地看着夏春树。

她笑了下："就是你想的那样。"

他眼中的光亮了下，紧接着归于黑暗。

"我不。"季青临攥着拳，"你在、在同情我。"

她一定是怕他做傻事，所以才这样说的。他虽然喜欢夏春树，但是不想用这种方式让她答应，好像是他在威胁她一样。就算他们真的这样在一起了，他也不会开心，夏春树一定也不会开心。

夏春树顿时明白季青临内心的想法，她的眉头跳了下，说："我为什么要同情你？你哪里值得我同情？你是缺胳膊断腿了，还是患有绝症命不久矣了？相反，你是个很优秀的男孩子，长相英俊，家庭条件优渥，你还很聪明，画的画我也很喜欢。最重要的一点是……我喜欢高高瘦瘦的男孩子。"

季青临的长睫颤了颤，他呆呆地看向夏春树。

黑暗中，她的两只眼睛就像太阳，明亮迷人，仿佛可以驱散世间所有的黑暗。

莫名地，季青临有些委屈，又有些开心。

他眼眶微红："你、你说的是真的？"

"我妈说撒谎不是好孩子。"她学着季青临的语气，却听眼前的大男孩哽咽出声。

季青临抖着肩膀，哭得不能自已。面对夏春树，他所有的委屈都汹涌而出，季青临低低地抽噎："从来、从来没人这样说过。"

他们说他是骗子，说他要不是出生在有钱人的家里以后肯定是混混，说他的画一文不值，说他……不配。

他们说不配得到名望，不配得到宠爱，不配得到所拥有的一切，只有黑暗才与他相配，只有混沌能与他作陪。

可是……

可是明明不是那样的，那些人什么都不知道，为什么要那样伤害他？

季青临将脑袋埋进臂弯，哭得压抑又放肆。

夏春树目光柔软，哭泣的大男孩让她心疼，让她想抱抱他，想安抚他，想把世界上所有的好话都说给他听。

她又往他那边靠了靠，揽住他，轻轻靠在了他的肩膀上。

"一定有人说过，只是你没听见。你叔叔很担心你，春生也很担心你，还有你的两个舍友，他们都很担心你。"夏春树低声说，"我也很担心你。"

季青临停止了哭泣，抽抽搭搭地看着夏春树。

柜子里有些热，他闷出了一身的汗。因为哭得太久，季青临的声音听起来有些沉闷："我、我知道了。"

夏春树低头看着他："你知道了？"

哭过之后，季青临的抑郁心情有所缓解，他深吸了一口气："我会按照你说的去做。"

夏春树问："那你准备怎么做？"

季青临胡乱抹干净眼泪，说："我和春生商量了一下，我们想修大三的学分，然后跳级到大四，我们想合力开个游戏公司。"

夏春树有些蒙，这是什么时候的事？她怎么不知道？

"原本只有我一个人想跳级，可是……可是春生也说想快点步入社会。"季青临断断续续地说，"和你玩游戏让我受到很多启发，世界上一定也有很多不想面对现实世界的人，既然如此，我们就创造出另外一个世界。"

"姐姐。"季青临紧紧抱住她，被泪水洗刷过的眼睛亮亮的，"到那时候……你能嫁给我吗？"

夏春树纠正道："只是交往。"

季青临嘴角一瘪，委屈巴巴地说："可是你刚才……答应要和我交往了。"

夏春树有些无语地说："我什么时候答应了？"

季青临小声重复着她刚才说过的话："你说我要是解决了就和我在一起。"

夏春树眼皮子狠狠一跳，眼前这个耍无赖的大男孩让她又是心疼又是无奈，她说："可是你现在还没解决呢。"

"我现在就解决！"

季青临突然受到鼓舞，他揉了把乱糟糟的头发，然后打开手机登录微博。这个微博号是他单纯为了关注夏春树注册的，开通没多久，头像用的都是夏春树的自拍。

注意到这点，夏春树抽了下嘴角，说："谁让你不经过我同意擅自用我的照片做头像的？"

季青临："你弟弟。"

他的微博名叫"仙儿姐家的小天使"，夏春树又忍不住吐槽："你这什么鬼名字？"

季青临没说话，开始编辑微博，然后点击"发送"。

仙儿姐家的小天使："我有钱，长得帅，还很高。你们讽刺我也没用，反正你们老公以后是我老婆；你们嫉妒我也没用，反正我以后会和你们老公有小孩。最后，我就是天才，就是聪明，就是有艺术天分。在这条微博下评论并关注@仙儿姐，我周一会抽十个我的黑粉，分别送出一百万。注：必须是黑粉，我就是喜欢你们骂我还花我钱的愚蠢样子。"

发完后，季青临感觉神清气爽，他看向夏春树，问："怎么样，这招是不是很棒？"

看着那条微博和那巨额抽奖金额，夏春树不禁怀疑这人脑子是不是进了水。就算挥霍也不是这么个挥霍的法子。

夏春树抬起头，问："你到底在骄傲什么？"

"我有钱我当然骄傲了。"说着，他挺起胸，一副骄傲的模样。

夏春树气得心口疼。

有钱了不起啊？

好吧，有钱就是了不起。

别说，季青临这个地主家的傻儿子的骚操作顿时引起全网轰动，他们见过的最土豪的抽奖也只是送法拉利，现在这可是一千万！

在转发数上去的同时，季青临的知名度也蹭蹭上涨，连带着夏春树都上了热搜。

在短短的时间内，他成功多了百万黑粉和十几万条辱骂他的评论。但这些发辱骂评论的，估计都是单纯为了一百万。

"这年头抽奖的见过，抽奖抽黑粉还真没见过。"

"完了，我想嫁给季青临！"

"季青临你这个大猪蹄子，我讨厌你、恨你、恶心你，你有本事就把我娶回家啊！"

"有钱了不起啊！好吧，你有钱你了不起，希望仙儿姐和你幸福安康，早生贵子。"

"季青临你这个讨人厌的小蛋糕，没见过你这么讨厌的小蛋糕！"

"季青临你听好了，你就是一只小居居！"

狭小的衣柜里，两人相顾无言。终于，夏春树率先打破沉默："我快憋死了，我们能出去了吗？"

"嗯。"季青临顿了会儿，苦哈哈地看着夏春树，"腿麻了……"

"你真没出息。"夏春树翻了个白眼，起身就要离开，结果刚站起来，就软软地跌到了季青临怀里，"我也麻了。"

季青临搂着她，诡异地沉默了几秒后，两人都笑了出来。

他静静地凝望着夏春树近在咫尺的脸颊，目光深邃，最后他情不自禁地伸手碰了碰她的脸，然后低下头，唇瓣触上了夏春树柔嫩的脸颊。

这个吻如蜻蜓点水，转瞬即逝。

他羞涩地扭过头，耳根和夕阳一样红。

干完坏事的季青临像是偷腥的猫一样，又是害怕又是激动，还在悄悄回味唇边的余温。

他的反应让夏春树忍俊不禁，她强忍下笑意，双手捧过季青临的脸颊，闭上眼，在他惊愕的眼神中吻上了他的唇。

她的唇是那样柔软，却让季青临如同触电、全身战栗，他不知该把手往哪儿放，只是呆呆地看着她贴近的脸。

耳边传来她的声音："搂住我的腰。"

季青临哆哆嗦嗦地搂过去。

突然间，他的手背被夏春树拍了下，她恶狠狠地吼道："你摸我屁股干什么？"

季青临打了个寒战，一把推开夏春树，手忙脚乱地从衣柜里爬了出去，然后跌坐在地，一动不动。

夏春树也从里面出来，长呼一口气，甩手扇了扇脸上的热气。她上前一把拉开窗帘，阳光倾泻而入，驱散黑暗，宛如鸟笼般的房间里此刻变得温暖起来。

她扭头看着季青临，眼睛里迸发着极艳的光。

"我可以答应你。等你毕业，我就嫁给你。"

他定定地看着夏春树，半晌，揉着泛红的耳垂傻乐起来："那……你、你还能那个我吗？"

夏春树皱眉："哪个？"

"就……就是……"季青临不好意思开口，最后指指唇瓣，瞪着湿漉漉的眼睛看着夏春树。

不得不说小奶狗的杀伤力极大，夏春树的心立马被季青临击中。

她走过去跨坐在他身上，伸手拉起他的衣领，献上一张柔唇。

唇齿交缠，暧昧亲热。

这种感觉很奇妙……

有点甜，有点暖，又有点……让他沉醉，他喜欢这种感觉。指尖轻颤，他的手小心翼翼地放在她纤细的腰身上，继而伸出舌头，探入她口中，与之紧紧纠缠。

季青临学东西向来无师自通，这次也不例外。一会儿工夫，夏春树就由主动变成了被动。

他的掌心宽厚又滚烫，即使隔着衣服，她也能感受到他的热情，在察觉到他身体的微妙变化后，夏春树变得尴尬起来。

她伸手推了推季青临，男孩正动情，非但没松开，反而将她搂得更紧了。

夏春树觉得再这样下去就大事不妙了，正要强行拉开两人的距离，门"啪嗒"一声被人推开。突兀的开门声总算让季青临回过神，他呆呆地看着脸色潮红、双眸迷离的夏春树，喉结滚动，理智逐渐回来。

季青临扭过头，看到季渊然和保姆站在门口，保姆正捂嘴偷偷笑着。

季渊然淡定地说："你们继续。"

然后，门重新合上。

夏春树还好，季青临却害羞起来，他扭扭捏捏看着她："对、对不起。"

"没事。"她擦去嘴角残留的痕迹，说，"只不过我很怀疑，季青临你真的没谈过恋爱吗？"

季青临红着脸："有。"

这小子竟然谈过恋爱？

夏春树明显不相信，瞪大眼睛问："和谁？"

他抬起头，眼神小心翼翼又含情脉脉："和你，在梦里。"

夏春树一阵静默。她抿抿唇，很快反应过来，伸手轻轻拍了下他饱满的额头，语气不觉带上笑意和温柔："说话就说话，你撩什么人啊。"

季青临轻轻一笑，脸颊上的小酒窝可爱又帅气。

夏春树眯着眼睛打量他，大男孩的眉眼是极其出色俊逸的，眸中仿佛有光，璀璨如同星河。

她凑上前，不由道："你笑起来很好看，要多笑一笑。"

季青临一怔，不由羞得低下了头。

喜欢的人随口的称赞，都惹人心悸。

"你、你回去吧，我、我没事了。"季青临又开始结巴，不知是因为紧张还是因为不好意思。

夏春树的眼神带着怀疑，她问："你真的可以？"

"嗯。"他点头，"我洗个澡，重、重新开始。"

夏春树有些不确定地问："你确定不会做傻事？"

季青临轻笑："我要是做傻事，谁来抽奖呀？"

嗯，能开玩笑了，看样子是没什么大碍了。

夏春树拍拍屁股起身，她朝外看去，艳阳高照，今天是个好日子。

"那我真的走了？"夏春树最后又问了一遍。

季青临点点头，冲她挥了挥手。

待夏春树走后，季青临敛了笑意。

他先洗了一个澡，然后换了衣服、默不作声地把整个房间都收拾了一遍。看着干净的房间，季青临怔怔地站在原地。

一个人的时候，季青临还是会怕。

发生过的事情，就算他说不在乎，内心深处还是在乎的。他有时候会痛恨自己的无助弱小，更会害怕，所以从不敢面对。

但是，从今天、从此刻起，他必须要变得坚强，变得勇敢！

他要成长为一个男人，要变成夏春树喜欢的那种人，要不畏艰难险阻、勇敢向前。要是那样……他一直所期待的未来，会变成现实吗？

会吗？

季青临低头看着自己宽厚的掌心，突然又失去了动力。

正在此时，手机传来信息，是夏春树发来的。

她说："要约会吗？"

短短四字，令他重新充满动力。

其实夏春树一直在车里没走。

她这人天性乐观，除了第一段感情经历外，从小到大就没经历过什么挫折。但她明白季青临现在很难过，就算他说愿意放下过去，内心还是迈不过那道坎儿。

想到那个结结巴巴、小心翼翼地跟在自己身后的小天使，夏春树忍不住心疼，忍不住想拥抱他、呵护他。

以前她最讨厌的就是软弱爱哭的男生，可季青临不在其中。

很快，一道身影从楼里出来。

青年换了身干净清爽的运动服，洗过的发丝半干微乱，原本白皙的脸颊因为奔跑而微红。

透过车窗，夏春树对上他那双湿润黝黑的双眸。

"咔嚓"一声，车门开了，季青临坐了进来。

季青临呼吸急促："你、你没走？"

"我只是没走远。"说着，夏春树发动引擎。

他咬咬唇，小心地往她那边瞄着，问："我们……要去哪里？"

夏春树弯起的眸子里带着挑逗的恶作剧意味，她说"你猜。"

季青临一愣，脸更红了。

夏春树低声一笑："你刚才亲我的时候那么有勇气，现在又不好意思了？"

季青临说："你别、别逗我。"

他经不起逗，很容易就当真了。

夏春树空出一只手捏了捏他柔软的耳垂，在他反应过来时又收了手，专注开车。

她目视前方，声音认真了几分："难过就不能憋着，我带你去发泄一下，发泄出来就好了。"

季青临眨巴着亮晶晶的眼，问："是正经地方吗？"

夏春树再次沉默，然后很快道："就算不正经，你也要和我去。"

季青临没再说话。

二十分钟后，他们来到了游乐园。

夏春树把车停好，牵着季青临去买票。今天不是休息日，现在又没到高峰时段，所以排队的人很少。夏春树买好票，又买了两顶米奇的遮阳帽，把其中一顶给季青临戴上后，拉着他进了游乐园。

印象中，季青临只来过游乐园一次，还是父母在他生日时带他来过的。后来双亲去世，他自我封闭，再也没来过这里。

　　季青临有些不习惯地拉了拉帽子上的米奇耳朵，任由夏春树牵着他走。

　　女人的手细腻温暖，像是花一样将他包围，包围着他内心所有的创伤。

　　两人行走在人群里。看着她的背影，季青临忽地笑了，心底腾升出从未有过的安全感。

　　他感觉夏春树带着他进入了现实版的《绝地求生》，只要有她在，哪怕四面埋伏着敌人，他也不会怕了。

　　"天使儿，要坐云霄飞车吗？"

　　夏春树的声音让季青临回过神，他愣了下后，点点头。

　　夏春树笑了："不怕吗？"

　　季青临点点头，又摇了摇头。

　　坐云霄飞车的年轻人很多，夏春树耐心地排着队。就在此时，她的肩膀被人轻轻戳了戳。夏春树回头一看，对上了一个女孩子好奇打量的视线。

　　"真的是仙儿姐！"女孩先是惊讶，接着是开心，她激动地捧脸跳了两下，然后掏出手机问，"能拍照吗？"

　　路遇小粉丝，哪有不答应的道理，夏春树当下就答应了。

　　小粉丝开心地打开美颜相机，和夏春树合照。照完后，小粉丝才注意到夏春树身边还跟了一个人。

　　季青临长身玉立，气质清冷，好看的眉眼不禁让小粉丝红了脸。很快，她反应过来这是最近的热门人物。

小粉丝看了看季青临又看了看夏春树，瞬间什么都懂了。

她冲季青临做了一个"加油"的手势，声音元气十足："天使你加油，我们'天仙'粉永远支持你！"

"天仙"是季青临和夏春树的 CP 名，CP 粉们目前活跃于反黑前线。

她又说："背后有很多人都在默默地守护你，你不要多想。我觉得黑你的人都有病，你要快点振作起来哦。对了，这个送给你。"

小粉丝从随身的包包里掏出了一只锦鲤玩偶，递到季青临面前，说："这条锦鲤是我的幸运物，现在我把它送给你，希望你和仙儿姐一直开开心心的。"

第一次收到陌生人礼物的季青临有些手足无措，不禁看向了身旁的夏春树。

夏春树抿唇轻笑："拿着吧。"

得到回应后，季青临接过，耳尖微红，宝贝似的把它护在了胸口。他一脸严肃道："我、我会好好珍惜的。"

季青临不说话时宛如高岭之花，冷漠疏远，难以接近；此刻，他又变成了游戏里那个傻乎乎的小白，害羞的样子和他的身高体型形成巨大的反差，小粉丝差点没崩住尖叫出声。

队伍轮到了夏春树这边，她牵着季青临的手，冲小粉丝挥挥手："我们先走了，谢谢你的鼓励。"

目送他们远走后，小粉丝激动地掏出手机发微博："我粉'天仙'一辈子！谁拆 CP 我打谁！"

拿着票，夏春树领着季青临坐到了云霄飞车前排。

　　她看着身旁略显忐忑不安的季青临，眼底带笑："第一次收到陌生人的礼物，是什么心情？"

　　什么心情？季青临说不出来。

　　他就是觉得……之前发生的一切没什么大不了的，也许有很多像那个女孩子一样的人在默默鼓励着他。

　　而他能知道这一切，是因为夏春树。

　　云霄飞车已经缓缓起航，他深邃的眸子盯着夏春树精致的侧脸，他张张嘴，声音被冲天的尖叫淹没。

　　他说："你才是我的幸运锦鲤。"

　　他想成为大海，让她一辈子畅游于他的世界。

　　从云霄飞车上下来，夏春树头晕目眩，季青临发泄没发泄她不知道，她是喊得挺爽的。

　　正在长椅上歇着，季青临把一瓶矿泉水送到她面前。喝过水，夏春树才慢慢缓过来。

　　"哎，那边有鬼屋，要去看看吗？"

　　季青临朝着她手指的方向看去，点了点头。

　　夏春树打量着他，说："害怕的话就不要去了。"

　　季青临说："我不怕。"

　　虽然他胆子小，但他也不会什么都怕。

　　看着青年那固执傲娇的模样，夏春树"扑哧"一声笑了，说："那好吧，你要是怕就拉着我。"

　　"我不怕。"他笃定地重复了一遍。

进入鬼屋，黑暗取代光明，充斥在鼻间的是血腥味，这应该是某种道具弄出的效果。穿过空寂的回廊，眼前出现一道狭小的门，夏春树把门打开，眼前有了微弱的光。

这是一间厕所，阴暗而肮脏。

夏春树用余光一瞥，瞥见一道白影闪过，她还没来得及看清那东西，一双手便从后面覆上了她的眼睛。

青年精瘦的身体温暖结实，身上带着浅浅的沐浴乳香气，她嗅了嗅，发现是她最喜欢的柠檬味。

"别看。"季青临声线微沉，无端让她心中涌出浓浓的安全感。

一分钟后，他松开了微微颤抖的手。

夏春树回过头，瞥见季青临神色闪烁、饱满的额头沁出了层细细的汗水。

她有些无奈，又有些心疼。她低头从口袋里翻找出纸巾，踮起脚尖为他擦拭着汗水，季青临的睫毛颤了下，怔怔地看着她近在咫尺的脸。

她怎么会那么好看？怎么会这么温柔？

季青临觉得，天上骄阳都比不上人间春树。

夏春树把纸巾揉成一团，说："我们出去吧。"

季青临回过神，问："不、不逛了？"

"不了。"夏春树摇摇头，看向季青临，"要去我家吗？春生应该想见见你。"

季青临微一斟酌，自从出事后，他的手机长时间关机，春生给他打了好几个电话，他是应该主动去找春生，于是点头道："刚巧我也想见见我小舅子。"

季青临这突然的不要脸让夏春树不知如何回应，她总觉得如今季青临的神色有些眼熟，很像……夏春生！果然是物以类聚，人以群分。

　　夏春树带着季青临回了家，刚拉着季青临进门，就见夏春生老神在在地坐在沙发上看着他们。夏春生瞥了眼两人紧紧相牵的手，又微扬下巴看向季青临。

　　他冷冷的表情让季青临有些心虚。

　　下一秒，夏春生说："我还以为你跳黄浦江去了。"

　　他的语气又是别扭又是担心，季青临心里一松，愧疚中夹杂着开心，愧疚于自己对好友的无视，开心于好友对他的关切。

　　夏春树轻瞥了眼沉默不语的季青临，又扭头瞪了弟弟一眼，呵斥道："春生你怎么说话呢？"

　　夏春生白了她一眼，呛声道："用嘴说。"

　　没等夏春树开口，夏春生继续道："网上那些帖子我都看过了，也都删除了，还以为是什么呢，就让你这么要死要活的。"

　　季青临眨眨眼，抿唇静默。

　　夏春生觉得自己说得太多了，他"哼"的一声，起身道："总之你没事就好，我先上去写论文了。"说罢，夏春生转身上楼。

　　季青临上前一步叫住了他："春生。"

　　夏春生傲娇地说："干吗？"

　　季青临笑容清浅："周一一起上学吧？"

　　夏春生一愣，撇了撇嘴，给了他一个背影，低低嘟囔一句："鬼才想和你一起上学……"

看着夏春生离开的背影，夏春树再次无奈于他那别扭的性子，她不由叹了口气，和身边的季青临说："能和春生这种人交朋友，真是难为你了。"

季青临神色不变，淡淡道："习惯了。"

这三个字波澜不惊，让夏春树觉得他俩才是一起过了好几年的难兄难弟。

夏春生把黑季青临的贴子删除后不久，WY战队的成员也一同站在季青临身边。除此之外，季青临的小叔叔季渊然也向网上那些空口污蔑季青临的造谣者们发布了律师函警告。

法律武器一出，原来的挑衅者们立马不敢蹦跶了，其他跟风抹黑的大V们也急忙删除了原来嘲讽季青临的微博，把责任撇得干干净净。

事情到此结束，"天仙"粉们更加愉快地向路人安利起"天使＋仙女"这对CP，阵仗大到让一些明星CP粉都纷纷让道。

第九章
你亲我一下

经过几天的休息和调整，季青临的状态比原来好了许多。他平时除了上学，还和好友打打篮球，周末会找各种借口去夏春生家，以此接近夏春树，可是因为夏春生在，他很少有机会和夏春树独处。

怎么办，好想和春树姐约会啊……

学校图书馆，季青临趴在桌上，艳羡地看着窗外大树下亲密相拥的情侣。他也好想和春树姐那样，可是……

季青临好看的眉头紧紧蹙着，清澈的眸中一片期盼和不安。

稍等片刻，头顶盖下一片阴影，季青临掀起眼皮，对上夏春生那清清冷冷的眉眼，他忙坐直身子，沉默不语地看着自己的小伙伴。

夏春生眉梢微扬，压低声音："怎么蔫了吧唧的？"

季青临唇线紧抿，不语。

夏春生很快明了："最近我姐都不怎么搭理你啊？"

季青临撇撇嘴，不满地低头。

夏春生嗤笑一声，从口袋里取出两张电影票，把其中的一张递给了季青临："朋友送的，我没时间看，你和我姐去吧。"

季青临没接，说："可是、可是你姐又不会和我出来。"

这两天是月底，也是主播们冲业绩的时候，就算是懒惰的夏春树也每天加班加点。晚上时间宝贵，不用想也知道她不会出来。

"有我呢，你晚上准时到电影院门口等着就好。"

听着他的话，季青临半信半疑地把电影票揣进了口袋。

电影播放时间是晚上七点，季青临六点半就到了电影院。

他穿了西装，身形挺拔，双腿修长，发丝全部抹在脑后，打理得一丝不苟。身旁人潮拥挤，他静静地站着，眉眼清隽，与周围有些格格不入。

路人没见过这么好看帅气的男生，频频看过来。

也有夏春树的粉丝认出了季青临，大着胆子过来要合照。看到这些善良又充满活力的姑娘后，原本还一脸冷漠的季青临一秒沦陷。

他红着脸点头，和两人拉开距离拍了照。

目送几个小姑娘进入电影院之后季青临松了口气，同时又有些失落。虽然夏春生打了包票，可是……春树姐一定不会过来的吧。

他正愣怔时，肩膀被人轻轻拍了下，季青临猛然回头。

五光十色的霓虹灯下，身着白色连衣裙的夏春树冲他笑着。她眉眼艳丽，眼中倒映着灯光，闪耀似星。

季青临心头微动，怔怔地看着她。

"傻了呀？"夏春树抬手在他眼前晃了下，又上下打量着他，发现他一身正装，显然来前做了十足的准备。

她就知道，好端端地，夏春生不会找她看电影。果然不出所料，她被这两人联起手来摆了一道。

"你等很久了吗？"

季青临回过神，耳垂微红，眼睛依旧看着她。

"没、没有很久。"他停了一下，结结巴巴地说，"春、春树姐，你今天真好看，像是、像是仙女。"

夏春树"扑哧"一声笑了，瞥见青年一脸羞涩，不由打趣道："我以前不好看吗？"

季青临笑得腼腆："你以前也好看，但是……但是和我在一起时，格外好看。"

莫名被撩的夏春树愣了下，轻咳一声，别开了头："走吧，电影都要开始了。"

季青临乖乖地跟着她去排队。

入场后，放映厅一片漆黑，季青临看不清周遭环境，身子随着人潮移动。突然间，他的手被人拉住。那双手细软、温热，他后背一僵，随之反应过来，大着胆子捏住那双手。

正当他心里小鹿乱撞时，他的肩膀被人捶了下，只听一人说："兄弟，你能别拉我手了吗？"

季青临瞪大了眼，才反应过来他抓的是别人的手。

季青临忙不迭松开手，低头连连道歉。

夏春树领着季青临到了座位上，忍不住笑："天使儿，你怎么傻乎乎的呀？"

季青临没说话，只庆幸影院黑，看不清脸，不然丢人丢大发了。

广告过后，电影开幕。

大荧幕上，女人在黑暗的小巷里穿梭，伴着尖叫声和哭泣声。

季青临肩膀僵硬，缓缓扭头问："这、这是什么电影？"

夏春树嘴里嚼着爆米花，专心致志地看着屏幕，漫不经心地回答："《黑夜惊魂》，高分恐怖片，之前我在网上看过预告，还不错。"

恐怖片……

季青临沉默了。

身旁半天没音儿，夏春树顿时意识到了什么，她扭头看去，压低声音："难不成……你害怕看恐怖片？"

季青临硬着头皮说："我……我不怕，我最喜欢恐怖片了，嗯，最喜欢了。"

扯犊子。

夏春树看他这样子就知道他很怕。

她没拆穿他，扭头继续看。

电影播放了十分钟就进入了高潮，屏幕上突然出现鬼脸，影院内一片尖叫，包括坐在她身边的季青临都尖叫出声。

望着哆嗦成一团的高大男孩，夏春树内心很是无奈。她放下爆米花，伸出手把人揽入怀里。

他是真的吓惨了，身上冰凉无比。

夏春树微微垂眸，借着屏幕微弱的光，她看到季青临那苍白的脸和不断忽闪的睫毛，他像是一只受惊的小鹿。

夏春树于心不忍："我们出去吧。"

季青临咬唇："我不怕，我很勇敢的。"

"好好好，那我们出去吧。"

"我不。"季青临固执地道。

突然，他灵机一动，半抬起眼，小声说："春树姐，你、你亲我一下，我就不怕了。"

他眼中充满期盼，让夏春树根本不忍拒绝。她看了看周边，所有人都沉浸在电影中，根本不会注意到他们。经过内心一番挣扎，夏春树缓缓低头向他靠近。

眼看诡计将要得逞，季青临笑得像只偷腥的猫。

气氛正暧昧时，夏春树的胳膊被人推了推，接着传来一道男声："妹子，你别信他，他刚才摸黑拉我手呢。"

暧昧气氛全无。

季青临黑着脸沉默着，夏春树强忍着笑，忙做解释："谢谢，他就喜欢乱拉别人的手，我会好好管教他的。"

那人没再说话。

从影院出来，季青临有些不开心。

他好不容易能和春树姐有亲密接触了，结果……被破坏了。

望着眉眼阴沉的季青临，夏春树买了一根棉花糖送到了他嘴边："喏。"

季青临接过棉花糖，闷闷不乐地咬了一口。

夜幕已完全降临，霓虹逐渐笼罩这座繁华的城市。

看着眼前神色不愉的高大男孩，夏春树踮起脚尖，闭眼亲上了他柔软的脸颊。

空气凝固，时间停止，万物陷入安静。

他握着棉花糖，瞪大的眼睛中满是愕然。

口中是甜的，可是棉花糖再甜，都比不上她的一吻甜。

季青临喉结微动，终于无法按捺，弯腰碰上了她的唇瓣。

四唇相依，温暖甜蜜。

夏春树睫毛颤动着，被他迅速的动作惊讶到，而惊讶很快被充斥而来的甜蜜代替。

她想，她是真的喜欢上了眼前的人。

季青临很快离开了夏春树的唇，他的眼神四处游离着，紧张兮兮地，像是个做错事的孩子："那个，我们去吃点东西吧，春、春树姐你想吃什么？"

夏春树伸手触了触唇瓣，又伸出舌尖舔了下，尝到了淡淡的棉花糖的味道。

她快步到他身旁，伸手与之十指交握："不要再拉错啦。"

季青临的脸又红了。

"那个……我们现在是不是在约会？"

夏春树说："不然你以为我们在做什么？"

他"嘿嘿"笑了两声，说："我没想到你会出来，我很开心。"

夏春树看向他："如果我今天没来呢？"

他说："我会等你，等你出现。"

季青临早就学会了等待。有些人值得等，值得他用一辈子去等。如果夏春树今天不出来，他就等到明天，她明天不出现，他就等到后天。

　　只要他努力一些、诚心一些，她早晚会来到他身边。

　　夏春树嗫嚅着，半晌没说出一句话。

　　她想起她的第一段恋爱，她付出了真心，可是那个人连等都不愿意等她一下，最终，她错付感情，空留伤心难过。

　　"天使儿，你真好。"

　　虽然这个天使儿笨笨的，傻乎乎的，脑子也不灵光，做事又不精明，可是他好，她说不出他哪里好，只是他很容易就能让她卸下内心的防备。

　　"走吧，我请你吃牛排。"她深吸了一口气，换上笑脸，拉着季青临来到了街角处的西餐厅内。

　　夏春树曾来过这家西餐厅一次，餐厅环境优美静谧，牛排也很正宗。

　　他们找了个靠窗的位置坐下，夏春树接过菜单，问："天使儿，你喜欢吃什么？"

　　"都行。"

　　"红酒要吗？"

　　季青临："看你。"

　　嗯，倒是好伺候。

　　夏春树正翻着菜单，眼角余光瞥到有人进门，在看到来人是谁时，她的脸色立马变了，手上的动作也顿了下。

　　对方显然也发现了夏春树，有些尴尬地站在那里，眼神中满是不知所措。

四周猛然陷入安静。

对方身边跟了名女伴，女伴身材窈窕，浓妆艳抹，年龄比他要大上一些。

对视几秒钟后，男人匆匆移开视线，低头和身旁的女伴说："我们换一家吧。"

女人瞥向夏春树，眼睛上下扫视着她，不屑地冷哼了一声，勾着男人的臂膀坐到了夏春树那桌旁边的座位："换什么换，就在这儿。服务生，点餐。"

"曼妮，我们换一家吧……"男人依旧在央求着，"我知道有一家西餐厅比这里好吃多了。"

女人提高音量："不换！"

夏春树垂下眼睑，把菜单递给季青临，然后看向窗外，再也没说一句话。

通过玻璃窗的倒映，她看到那两人时不时向这边张望着。

夏春树努努嘴，心里不屑极了。好端端过来吃个饭，还能遇到这对渣男贱女。

季青临意识到了什么，他睫毛微颤，身体往前倾了倾："春树姐，我不太喜欢吃西餐，我们换一家吧。"

夏春树知道季青临这么说是为了她考虑，她其实也不想见到这两个人。可这样灰溜溜地走，不是她风格。

"菜都点了。"夏春树往身旁睨了一眼，"还有人给我们唱二人转，挺好的。"

她摆明了是讽刺身旁那一对儿。

这话被林曼妮听得清楚，林曼妮身子一震，双眼瞪了过来，又很快换了张笑脸："哎哟，这不是春树嘛，上次我和向阳的结婚典礼你没来，我还很遗憾呢。"

夏春树端起水杯泯了口水，语气讥讽："上次有事去不了，等下次吧，我肯定会去的。"

下次……

林曼妮的脸色变了又变，终于无法假模假样地端着了。

许向阳和夏春树有过一段，林曼妮一直很介意，尤其对方长得漂亮，就算许向阳不说，林曼妮也能感觉到他还一直惦记着夏春树。

"怎么，你以为向阳和我分手了还会去找你？好马还不吃回头草呢，也不撒泡尿照照自己什么德行！"

夏春树低头看了看自己，又看了看因为激动而脸颊潮红的林曼妮，弯眼一笑："我是比不上林小姐。"

林曼妮"哼"了一声。

夏春树又说："您这欧式大双眼皮、韩式永久眉花了不少钱吧？不像我，脸上一分钱没花，比不上您那张脸尊贵。"

"你……"

夏春树继续嘲讽："好马是不吃回头草，骡子和驴就不一定了，你还是看好你们家向阳，我倒是无所谓，就怕你……"

闻言，许向阳脸色也变了。

他朝夏春树看了过来。

女人顶着一头张扬的大波浪卷，五官明艳又精致，眼神中充满了咄咄逼人的意味。

他猛然觉得眼前的夏春树有些陌生。

大学时跟在他身后的女孩很是害羞腼腆，笑起来和春芽一样，充满朝气与生机。如今，他在她身上看不出一点曾经的影子。

"春树姐。"季青临拉了拉夏春树的袖子，声音小小的，"我们走吧。"

刚才他一直没说话，毫无存在感，如今他开了口，林曼妮才注意到季青临。

霓虹微闪，落地窗前的青年瘦削挺拔，他的发丝像是融了墨一样浓密乌黑，将皮肤映衬得更加白皙。季青临有一双好看的眼，眼线细长，眼尾上挑，纤长浓密的睫毛下，瞳孔像是猫眼般明亮又神秘。

林曼妮和父亲参加过不少宴会，形形色色好看的男人见了不少，她原本以为许向阳的五官就够出色了，可这些男人在季青临面前，全都成了渣渣。

林曼妮回过神，咬着唇攥紧了拳头。

季青临看向夏春树的眼神那般温柔似水，一看就知道两人关系不一般。

嫉妒充盈着胸膛，林曼妮呼吸急促，一些话想也没想便脱口而出："喂，这个小哥，你是夏春树的新男友吗？"

男友……

季青临的眼睛亮了下。

林曼妮嗤笑出声："你可要注意了，夏春树啊，死皮赖脸地追着人家男朋友不放，听说她现在成了女主播，每天袒胸露乳，还不知道干什么勾当呢。"

"你够了！"许向阳一拍桌子站了起来，拉着她就要往外走，"不要在这里给我丢人现眼了。"

餐厅里的其他客人频频侧目，许向阳收拾东西，死死拉扯着林曼妮，丝毫不在意林曼妮的挣扎。

临走时，他扭头看向了夏春树，他的眼神写满复杂。

以前的夏春树那么奢望他最后回头看她一眼，可是他没有。如今他回了头，她却心如死灰、毫无波动。

"春树。"许向阳抿抿唇，"对不起。"

"呵。"夏春树冷笑，"免了，我们不熟。"

不熟。

的确，自从他为了前途抛弃这个女孩，他们之间早已没有任何可能了。

"你松开我！"

林曼妮挣脱开许向阳的手，指着夏春树对季青临说："你看到了？当着别人老婆的面就勾引别人老公，你可要看清楚她真面目，不要被骗了！这个狐狸精最喜欢勾搭男人了！"

她像是一个疯女人一样大喊大叫，惹得其他食客指指点点。

灯光碎影下，他抬头，缓缓说道："我不在乎。"

这四个字，浇灭了林曼妮的戾气。

很快，她就说："你就不介意她给你戴绿帽子？"

季青临眼神干净，摇摇头："不介意。"

林曼妮表情愕然，像看傻子一样看着他。

"我能和春树姐在一起就已经是莫大的荣幸了，怎么会在意那些乱七八糟的东西。"季青临将笑意收敛，目光猛然凌冽起来，

"倒是这位小姐，胡乱诽谤别人，可是要承担法律责任的。"

林曼妮张张嘴，半天一句话都说不出来。

"你够了！"为避免林曼妮再做出失格的举动，许向阳不由分说地拉着她离开了餐厅。

望着两人仓皇离开的背影，夏春树"扑哧"一声笑了出来，看向季青临："你刚才可以呀，那个林曼妮脸都绿了。"

季青临羞涩垂眸，很快又抬起眼睑，眸中星星点点，清澈耀眼："我刚才……说的都是真心话。"

夏春树愣了一下。

"能和你在一起，我倍感荣幸。"

他的语调一本正经，专注的眼神陡然让夏春树感到无措，她匆匆错开季青临的视线，低头猛喝了一口水掩饰慌乱。

"我、我还没说一定要和你在一起呢。"

季青临轻笑："我知道。"

夏春树瞥了他一眼。

摆脱自卑的男孩最肆意潇洒的模样，英俊得惹人移不开眼，她心跳加速，全身跟着滚烫起来。

"那个……你一会儿回家吗？"

"不回家。"季青临摇头，"我要找春生补习，今天去春树姐家过夜。"

果然又是这样。

自己的弟弟和季青临像是连体婴一样，整日黏在一起，也不觉着腻味。

吃过饭，两人决定溜达一会儿再回家。

两人途经一个小公园，小公园里冷冷清清，只有一对情侣在树下拥吻。季青临猛然顿住脚步，朝那头看了过去。

夏春树急忙拉着他向前走："不要这样盯着别人啦，很不礼貌。"

季青临"哦"了一声，一步三回头地往前走。过了一会儿，他用眼角余光瞥向夏春树，小心翼翼地问："春树姐，情侣为什么都喜欢在树下面亲亲啊？他们就不怕虫子掉在头顶上吗？"

夏春树无语凝噎，不知该如何回答这个问题。

"春树姐，前面有棵树诶。"

夏春树："所以呢？"

季青临在树下止步，树影摇曳，季青临抬头朝树上看着，神色认真。

夏春树见他看得入神，以为上面有什么东西，跟着抬头。

就在此时，她的腰身被一只结实的手臂搂住，另一只手搭在了她头顶上。夏春树猛然怔了下，回过神便开始挣扎。

"别动。"他说，声音清脆。

夏春树停止扭动，问："你干吗？"

季青临的声音很淡："虫子。"

虫子……虫子？

夏春树蒙了。

她天不怕地不怕，就是怕毛毛虫！

夏春树吓得全身僵硬，好一会儿才怀疑季青临是不是在耍她。她说："你别骗我，你是不是故意占我便宜，编出来骗我的。"

季青临委屈兮兮地说："我没骗你。"

"我不信。"夏春树挣开了季青临，冲他摊开手，"有本事你把虫子给我看看？"

季青临的睫毛颤了两下，他问："你确定？"

她点头："我确定。"

"好吧。"季青临看起来有些无奈。

夏春树料定他不会拿虫子出来，然而下一秒，夏春树就被吓蒙了。

他缓缓把一条青色的大肉虫放到夏春树掌心，她甚至能感觉到虫子身上黏糊的液体和毛茸茸的皮毛。虫子不断向前扭动，盯着那绿油油的软体动物，夏春树全身失去了力气。

"啊——！"

尖叫声划破夜空，夏春树闭着眼把虫子甩到地上，捂着手在原地疯狂跳脚。

季青临鼓了鼓腮帮，默不作声地捡起虫子，重新把它放在了树上，无辜地说："我都说了有虫子。"

"住口啊——！"

她还在跳脚。

季青临安抚着夏春树："好啦，你看虫子多可爱呀，等它长大了就是漂亮的蝴蝶。"

"闭嘴！"夏春树红着眼瞪他，"我也不喜欢蝴蝶。"

夏春树一边啜泣一边从包里抽出湿纸巾擦着手心。一想到那恶心的触感，夏春树就有些想吐。小的时候，夏春生没少用虫子吓唬她，慢慢地，她就产生了心理阴影，从此害怕一切爬虫类动物，包括化茧的蝴蝶。

见她真哭了，季青临有些慌，抓耳挠腮地想着安慰的话语："春树姐，你、你不要哭了。"

夏春树抽了抽鼻子，丢了纸巾又翻出了化妆镜，边哭边照着小镜子补妆，说："你干吗把虫子给我看？"

季青临更委屈了："不是你让我把虫子放上去的吗？"

夏春树呼吸一窒，厉声质问："我让你做什么你就做什么？"

季青临理所当然道："是呀，因为我喜欢你呀。"

她一口气没上来，差点背过气去。

气氛沉默。

她的妆容略微花了，被泪水洗刷过的眼清澈得像是明镜，往日的锐利不再，显得楚楚可怜起来。

季青临微微弯腰，眼中倒映着她的脸，他一字一句、真挚虔诚地说："春树姐，你哭起来也好好看。"

夏春树愣住。

他笑了下："你以后只对着我哭好不好？"

季青临那专注的视线让她红了耳垂，夏春树的睫毛颤了下，她别开头："哪有人会让喜欢的人掉眼泪的，笨蛋。"

季青临歪歪头，说："人又不是只在难过的时候会哭，比如……"

他欲言又止，夏春树在这停顿中觉察到了意味深长之意，脸色变了变，抬脚踩了上去，愤愤道："以后不要和春生学乱七八糟的东西！变态！"

季青临觉得莫名奇妙，他只是想说人在开心的时候也会哭呀，春树姐为什么不开心？春生说的果然没错，女人都是奇怪的生物。

两人到家时，夏春生正在打《刺客信条》。看他半天都过不去关卡，夏春树有些不耐烦地夺过游戏手柄，三下五除二地就过了 Boss 关。

夏春生浓眉一挑，抬头看向身后的季青临。他明显感觉两人之间气氛怪异，像是发生了冲突，再看春树眼眶微红，明显是哭过的。

"你欺负我姐了？"春生问。

季青临摇头："我不敢。"

夏春生："那我姐怎么哭了？"

夏春树丢下手柄，狠狠撂下两个字："气的。"

气氛一阵沉默。

她正要上楼，袖子被夏春生拉住，他说："后天学校举办校运会，我和季青临报名了篮球赛，你要来当拉拉队员吗？"

季青临瞪大了眼："我什么时候报名篮球赛了？"

夏春树"哼"了一声，眼角余光瞥向季青临。

青年呆呆地站着，像是只又憨又蠢的树袋熊。他这样子还会打篮球？夏春树心里很是怀疑。

"去呗。"夏春树欣然应下，"我想看看你们怎么输。"

夏春生皱眉："你瞧不起我？"

"错！"夏春树晃晃手，"我只是瞧不起你们计算机系的。"

一群万年不锻炼的死肥宅参加校园篮球赛，想想的确很好笑。夏春生虽然会锻炼，可他有几斤几两她还是知道的。

“拜拜，祝你们好运。”给两人一个飞吻后，夏春树拎着包上了楼。

夏春生咬牙瞪着夏春树的背影，内心特别不服气。

他拿起一旁的手机，在群里发着信息：“篮球赛不能输！”

胖虎：“谁报名篮球赛了？”

尚东山：“有人报名篮球赛吗？”

夏春生：“我已经给你们报名了。”

胖虎：“小老弟你怎么回事？”

尚东山：“平常玩玩就算了，比赛还是别了吧，我可不想和体育系的那群大佬对上。”

夏春生：“我姐会去看。”

胖虎：“……”

尚东山：“……”

通知完室友后，夏春生看向了季青临，季青临一脸无辜地说：“我没打过篮球。”

夏春生一副见了鬼的表情：“你连篮球都不会打？”

季青临没说话，紧抿的唇显示出他的失落。

夏春生意识到自己无意间伤害到了天使儿脆弱的心灵，他无奈地耸耸肩，起身揽住季青临的肩膀，说：“走吧。”

季青临：“去哪儿？”

夏春生：“打篮球。”

他们家附近就有个篮球场，平常就没多少人，到了晚上更是空无一人。夏春生换了身白色运动衣，他运球入场，投了个漂亮的三分球。

篮球坠地，转了几圈后停在季青临脚边。

"很容易的，你试试看。"

季青临应了一声，弯腰将球捡起，眼神中写满了不自信。

见他扭扭捏捏地像个娘们，夏春生有些不耐烦："我姐很喜欢会打篮球的男生。"

季青临抬眸："就算我不会打篮球，你姐依然会喜欢我。"

夏春生感觉手痒，有些想打人。

季青临撇了下嘴："好啦，我学就是了，我这么聪明，一下就学会了。"

夏春生觉得手更痒了，更加想打人了。

他学得的确快，没一会儿就掌握了基础，甚至能从夏春生手上抢到球。打了一个小时后，两人大汗淋漓地躺在了球场上。

夜空很美，孤月无星，平静寂寥。

以前很长一段时间里，季青临都是这样独自守着月色度过漫漫长夜，习惯了寂寞，便也不觉寂寞。

"春生，谢谢你。"他说。

夏春生眼神掠过他的脸，低低"嗯"了一声。

"哎，你大学毕业后想做什么？"

夏春生枕着胳膊说："不知道，没想好。"

季青临睫毛轻颤着，说："要不你和我干吧。"

这话让夏春生笑了，夏春生扭头看他："和你干？干什么？"

季青临说："我想成立个游戏公司。"

他眼神认真，不像是说着玩玩。

夏春生唇边的嘲意逐渐收敛，问："比如呢？"

"没想好，就是想成立个游戏公司。"季青临说，"有的人觉得游戏世界是虚拟的，可是我觉得它更加真实。世界上一定有很多像我这样的人，他们恐惧外界，不敢面对遭受过的痛苦。所以，我想建立另一个世界，在那里，他们可以展现自我，甚至能正视自己的过去。"

季青临始终记得那个东北大兄弟，他在自己无法抉择时毫无怀疑地站在自己身边，给予自己帮助和勇气。

夏春生静静地听他说着，半晌，笑了："你想得还挺美好的。"

季青临唇瓣紧抿："是有些蠢，但是……不试一试又怎么知道一定会失败？"

"好吧。"夏春生从地上站起，拍了拍屁股上的土，冲他伸手，"我帮你。"

季青临眼睛一亮，笑了。

有人在痛苦中沉沦，也有人在痛苦中奋发。季青临属于后者，他不会停滞不前，他比谁都知道自己想要什么。

为了爱的人，为了爱他的人，他都要不回头地向前走。

很快就到了校运会那天。

季青临他们报的都是篮球，除了他们四人，剩下的几名队友都是艺术系那边的，体格小，没肌肉，软绵绵的，看起来一拍就倒。

不凑巧的是，他们第一场就对上了体育系篮球队的。

两队实力悬殊，计算机系的拉拉队摇旗呐喊：

"凑合凑合就得了。"

"就是说，比赛第一，友谊第二！"

"不被剃光头就是成功啊！"

很没出息。

胖虎觉得丢脸，看着队里两个大个子，说："哎，哥们就靠你们两个了。"

夏春生没说话。

季青临浅浅一笑："我前天才学会打篮球。"

此话一出，一队人都沉默了。

尚东山忍不住吐槽："你还是男人吗？"

季青临摇头，一本正经道："我还没结婚呢，不算男人。"

有病吧这人……

尚东山翻了个白眼："你的童年是多苍白啊？篮球都不会。"

季青临说："我童年都去学钢琴和小提琴了，要是比高尔夫的话我肯定会赢。"

队友们："万恶的资本家！"

胖虎看向夏春生："你不是说你姐会来吗？你姐呢？"

季青临也眼巴巴看了过去。

正低头系鞋带的夏春生抬头瞥了几人一眼："你们确定想让我姐姐过来？"

望着身旁歪瓜裂枣般的队友，胖虎等人齐齐沉默。就他们这样……还是别让人看到了，丢脸。

哨声响起，两队准备就绪。

让人意外的是，给他们声援的妹子们还不少，最前面还站了两支拉拉队。胖虎注意到那是篮球队那边的专业拉拉队，此刻，大长腿妹子们齐齐喊着季青临和夏春生的名字：

"春生春生，寸草不生。"

"青临青临，王者降临。"

听着这诡异的口号，季青临和夏春生脸色都变了，胖虎捂着肚子直接笑倒在了球场："妈呀，这都什么玩意儿？"

旁边篮球队的有些不服，指着拉拉队喊："我说你们怎么回事？胳膊肘向外拐啊？"

拉拉队员们："校外比赛走程序，校内比赛向帅哥。"

"你们的原则呢？"

拉拉队更大声地说："原则是帅哥！"

简直毫无原则！

篮球队队长怒了："走走走！干翻他们！"

对手气焰颇足，第一回合就杀得计算机系毫无还手之力。

夏春树赶到赛场时，恰巧是中场休息时间。过来看比赛的人不少，她踮起脚尖朝里面张望，最后坐在了一张椅子上。

她今天穿得休闲，头上戴了顶黑色鸭舌帽，遮住她大半张脸，只露出一小截白皙精致的下巴。

夏春树一眼看到了球场上的弟弟和季青临。

比起气焰十足的对手，季青临等人大汗淋漓、气喘吁吁，显然累得不轻。

"春生春生，寸草不生。"

"青临青临，王者降临。"

口号还在继续。

夏春树眼皮跳了跳。这什么玩意儿？

季青临那一队人懒懒地坐在了休息椅上。

此时，夏春树耳边传来低低的碎语声："哎，佳佳，现在没人，你不过去送水吗？"

夏春树顺着声音看去，坐在前面的女孩子穿了条张扬的红色裙子，妆容精致，涂的口红很明显是斩男色的。

她有些害羞："人、人好多……"

女伴继续怂恿着："没事啦，一会儿就赶不上了。"

佳佳抿抿唇，握着矿泉水向场地走去。

已经有人注意到了这边情况，小声道："那不是新闻系的系花艾佳佳吗？"

"好像是，她不是在学校论坛发贴和季青临告白嘛。"

夏春树眉头微挑，静静地看着。

喧闹的球场因为艾佳佳的进入而变得鸦雀无声，正和室友交谈的季青临觉察到有人接近，立马抬头。见艾佳佳红着脸看着他，季青临有些莫名其妙。

"那个……"她咬咬唇，把水送了过去，"给你。"

季青临没说话，神色颇为冷淡。

艾佳佳有些慌。

季青临没有接，说："我不渴。"

艾佳佳不死心地说："那你渴了再喝。"

季青临垂眸道："我不知道什么时候会渴。"

感受到周围关注的视线，艾佳佳咬咬牙，从随身的小包包里抽出手帕递给了季青临："那你擦擦汗吧。"

季青临顿了下，撩起身上的 T 恤随意往脸上一抹，说："这样就行，不用了。"

这比直男还直男的回应让艾佳佳彻底没法子了。

她觉得自己要是这样走了太过丢面子，看着面前眉眼清俊、气质冷冽的青年，她深吸一口气大声喊出："季青临，我喜欢你——！"

说完，她小跑着离开体育馆。

瞬间，篮球场一片哗然。

季青临怔怔的，眼神中分明是茫然。

观众席上的夏春树蹙眉，突然有些不爽，再看那个傻大个呆头呆脑的样子，更加不爽了。

比赛又开始了，身旁看热闹的路人还在喜滋滋地说着："老实说，季青临和系花挺般配的啊。"

路人甲应和："可是听说季青临有女朋友了，好像是女主播。"

路人乙道："直播《绝地求生》的吧？我看他们不适合，季青临看着就老实，别被人耍了。"

什么叫别被人耍了？夏春树双手环胸朝那头狠狠瞪了过去。她又瞥向球场里正在比赛的季青临，冷哼一声后，起身离开了体育馆。

夏春树刚出体育馆，季青临的信息就过来。

季青临："我们结束了，春树姐你来了吗？"

夏春树去自动贩卖机那里买了一根雪糕，拆开包装袋后，轻轻咬了一口，甜腻冰凉的巧克力味瞬间在味蕾化开。

她低头回复："我在体育馆门口。"

放下手机，她径直到休息椅上坐下。

很快，季青临从里面跑了出来。

日光斑驳，他的汗水在阳光下闪耀，他的一双眸四处环视，最后落在夏春树身上。在寻到她的一瞬间，季青临眼睛里像是融进了光，亮晶晶一片。

"春树姐。"他小跑着过来。

夏春树"唔"了一声。

他在她身边坐下，夏春树嗅到一股汗味，但不算太难闻。

"你刚来吗？"

夏春树慢条斯理嚼着雪糕，敷衍地"嗯"了声。

季青临敏感地察觉到春树心情不是很好，他皱皱眉，弯腰把脑袋探了过来，眼神像兔子一样小心翼翼："春树姐，你不开心吗？"

夏春树白了他一眼后移开了视线。

季青临的眉头皱得更紧，心想：难不成她还在因为毛毛虫生气？

"春树姐，我们的比赛输掉了……"

夏春树不屑地撇撇嘴："看你们那配置，能赢就奇怪了，对面满级装，你们一群新手村都没出来的。"

季青临勾唇一笑："你去看了。"

说漏嘴的夏春树心里一个"咯噔"，她"哼"了一声，说："不用看也知道。"

季青临目光微闪，声线骤然下沉："你是不是因为那个女孩子和我生气？"

她没说话。

他继续道："你吃醋了？"

夏春树眼皮子一跳，狠狠咬了口雪糕。

见此，季青临脸上的笑容更是愉悦。他的长臂搭上她身后的椅背，身体不断逼近，道："你是吃醋了吧？我看言情小说里都是这样写的。你是不是不喜欢别的女孩子和我站在一起？春树姐你是不是喜欢我？"

乱七八糟的问题砸得夏春树脑袋晕晕的，她忍无可忍，把剩下的半根雪糕全塞到了季青临嘴里，脸蛋潮红一片："闭嘴！"

被雪糕堵嘴的季青临先是一愣，随后笑意更深。他拿住雪糕，舌尖轻勾过嘴角，简单随意的动作被他做得诱惑十足，夏春树呼吸急促，身上更燥热了几分。

意识到夏春树被自己这个小动作迷惑后，季青临又故意舔了下嘴角。

夏春树捂脸，低声道："你差不多得了。"

季青临："你不是喜欢我这样吗？我想让你多看几遍。"

夏春树深吸一口气，语气无奈："一遍就好了，真的。"

她深深地觉得天使儿学坏了，遥想当初那个沉默寡言的小菜鸡，她的内心无比怀念。

季青临"哦"了声，三两下把雪糕吃完后，好看的眸子又看了过来："那你是不是吃醋了？"

夏春树："我们能跳过这个话题吗？"

季青临摇头："不能，你是吃醋了吗？"

夏春树摘下帽子扇了扇脸上的热气，看向季青临："好吧，我吃醋了，行了吧？"

终于，季青临不再逼问，神色中写满了满足。

静了几秒后，季青临："你为什么吃醋呀？"

夏春树现在……想骂人。

她不单单想骂人，还想找一把98K把这人崩了。

"听说你们学校有《绝地求生》的比赛，走吧。"

被拉起的季青临神色茫然："春树姐你要参加吗？"

她"嗯"了一声。

他们来到报名处，台上摆放了八台电脑，报名的人寥寥，围观的也只有三三两两几个人，门庭冷落的比赛场地和其他热闹的比赛场地形成鲜明对比。

夏春树抽了两张报名表，把其中一张递给了季青临。季青临不敢反抗，老老实实地填好，何况他已经好久没和春树姐打游戏了。

然而，专注填写报名表的季青临并没注意到，自己那张纸的标签是红色的，而夏春树的是蓝色。

把报名表递交上去后，两人静静地等待。

很快，第一组比赛人员已经凑齐。

夏春树按照号码坐到自己的位置上，季青临美滋滋地凑到夏春树身旁，可就在此时，裁判喊了他："八号，你是红队，你走错地方了。"

季青临："啊？"

"'啊'什么'啊'？"夏春树忍着笑踹了他一脚，"去对面，我们现在是对手关系。"

季青临依旧茫然，不过他很快反应过来，委屈巴巴地望着她。

夏春树避开他的视线，说："大男人不要卖萌。"

季青临那好看的唇轻轻抿了下，他拿着号码牌不情不愿地坐在了对桌。

参赛选手很快全部到齐。季青临人帅又聪明，是学校的风云人物，如今看他过来参加《绝地求生》校园赛，大家自然好奇，消息一传十十传百，过来围观的学生逐渐多了起来。

夏春树静静地坐着，在一群爷们儿中间，身材窈窕、皮肤白皙的她颇受瞩目，很快，有人认出了她。

"那个是不是仙儿姐？"

"不可能吧？"路人好奇地往她那边张望，看了几眼后，惊讶地大叫出声，"我的个乖乖，真是仙儿姐！"

知名主播莅临 A 大参加《绝地求生》校园赛。

此消息一出，整个 A 大都沸腾了。不过一会儿功夫，台下便坐满了看客，甚至有男粉临时做出了应援牌。

刚比赛完过来的尚东山戳了戳夏春生，语气揶揄："你姐怪受欢迎呀。"

夏春生眉梢微扬："她不受欢迎才奇怪。"

夏春树混到今天这个高度靠的绝不是脸，夏春生非常清楚这一点。

看着莫名骄傲的学霸室友，尚东山撇撇嘴，心里不禁吃味儿，有姐姐的人就是幸福。再想想他家里那两个"二哈"属性的弟弟，尚东山羡慕嫉妒得想哭。

比赛开始前十分钟，夏春树的队友们都非常紧张。

队友眼巴巴地瞅着她："仙儿姐，我们三个有些'菜'，可能会拖你后腿。"

其实有胆子过来参加比赛的哪个不是区排名前一百的，在普通人眼里，他们是大神级别的存在，可在夏春树边上，就是彻头彻尾的"小菜鸡"了。夏春树的游戏技术没得说，曾有很多有名的职业战队多次招揽她，但都被她拒绝了。

夏春树把帽子歪着戴，嘴角勾起，看向对面的季青临。她调整了下耳机，说："一会儿你们别动那个八号。"

八号？

队友扭头看去。

微暖的日光下，青年皮肤瓷白，五官精致得让同是男人的他们都觉得艳美。他睫毛低垂，脸上没什么表情，一副生人勿进的冷艳模样。

"季、季青临啊？"

"嗯。"夏春树应了声，登录自己的小号，"那是我们家小菜鸡，你们不要欺负他。"

这还真够宠啊。

队友又朝季青临的方向看了眼。

网上说这两人关系不一般，他们原本不信，现在看来，传言八成是真的。

比赛很快开始了。

台下已经围满了人。

夏春树标的点是圈中心，前期风平浪静，两队人并没有产生直接冲突。

东西收集得差不多齐全后，夏春树他们先来到了学校。很巧，他们在楼梯口和季青临撞了个正着。

队友们谨记夏春树的嘱咐，谁都没有开枪，甚至准备丢些东西给对面的"小菜鸡"。

可是接下来的一幕让他们大为吃惊。

只见夏春树掏出 M416，一阵扫射后，小菜鸡倒地不起。

她出枪快、准、狠，没有丝毫留情。

队友齐齐看向夏春树，脸上写满问号。

夏春树神色淡定："只有我可以欺负他。"

好吧，他们无话可说。

夏春树收枪走到季青临身边，对着他跳了个舞后，开了全麦："你还皮不？"

季青临眼尾下垂，看向她的眼神像小鹿一样无辜委屈。

她冲他吐了吐舌头，在游戏里用拳头一下一下打死了他。

结局自然是夏春树队伍获胜，奖励是四只小兔子毛绒玩具。她拿着奖品来到台下，四处环视寻找着季青临的身影。

他隐没在人群里，沉默地喝着矿泉水。

夏春树小跑过去，伸手在他后背上戳了一下："喂。"

季青临回过头，没说话。

"你生气了？"

他摇头。

夏春树皱眉："那你怎么不和我说话？"

季青临："话。"

还真是说话……

她无奈地叹了一口气，踮起脚尖把手上的小兔子放在了他头顶："喏，送你的。"

季青临有些意外。

"你今天打篮球时很帅。"她说，"能有人喜欢你，我觉得很开心。"

阳光灼得人眼疼，更灼人的是她如同夏花般绚烂的笑容。

"但是，"夏春树伸手捏了捏他的脸蛋，"除了我，你不可以喜欢别人啊，季青临。"

季青临像僵住了一样，不能动弹丝毫，更无法对她做出任何回应。

他只是……很感动。当然，更多的是开心，他不知道为何开心，平白无故，就是想笑。

季青临接过小兔子，像宝贝一样抱在怀里，然后冲夏春树露出一个十足的傻笑。

艳阳高照，他的笑传染给了夏春树，让她不由感到心情愉悦。

然而，就在此时，一道锐风从身侧传来，预感到危险的夏春树扭头看去。

"小心——！"

人群中不知是谁喊了一声，夏春树还没看清楚飞过来的是什么，就被一双结实有力的臂膀揽在怀中。

被紧紧搂住的夏春树陷入一片黑暗中，她心跳加快、呼吸急促，感觉不到周遭的任何情况。世界像是突然静止了一样，她只能听见男人粗重的鼻息和心跳声。

原来……季青临不像表面那样瘦弱。

他的胸膛很宽厚，甚至很温暖，他的手臂也很有力，身上有她喜欢的阳光的味道。

夏春树指尖动了动，不由自主地扯住了季青临的衣角。

"没事儿吧？"有人过来捡起了地上的足球。

夏春树猛然回神，伸手推了推季青临。就这么一推，眼前的人的脑袋软绵无力地搭在了她肩膀上，他身上无力，一双手却死死搂着她。

夏春树忽然意识到不对，在他耳边叫唤了几声："季青临，你没事吧？"

没有回应。

夏春树慌了："喂，你理我一下。"

还是没有回应。

"刚才好像打到他的太阳穴了。"肇事者结结巴巴地说，"先、先送去医务室吧。"

夏春树咬咬唇，正不知道怎么办，夏春生从人群外挤了进来。看到弟弟出现，她的心情有所平复。

"季青临被球砸了。"

夏春生看着把全部重量压在姐姐身上的季青临，眉头一挑，抬脚把他踹离了夏春树。在他快要倒下时，胖虎顺势接住，背着他向医务室走去。

夏春树沉默半晌，看向弟弟："你踢他干嘛？"

夏春生："不要脸，晕倒还占人便宜。"

夏春树忙做解释："人家是为了救我。"

夏春生嗤笑一声，不紧不慢地跟在胖虎后面。

"再说了，占我便宜也没事。"阳光下，她的声音清晰，"反正以后是你姐夫。"

夏春生努了下嘴，心里不屑：这还没嫁人呢，胳膊肘就开始向外拐了。

　　经过校医检查，季青临并没有什么大碍，休息会儿就会苏醒过来。

　　尚东山伸手戳了下季青临的脸，说："这小子真够娇弱的啊，说晕就晕。"

　　胖虎白他一眼："你皮糙肉厚的，能和大户人家的公子比较吗？"

　　尚东山琢磨了一下，觉得很有道理。

　　面对着晕厥过去的季青临，无良室友非但没有表示同情，反而凑上来一阵冷嘲热讽。

　　夏春树："我守着吧，你们不是还有比赛吗？先去忙吧。"

　　胖虎摇摇头："左右都是输，就不麻烦春树姐了。"

　　比起直肠子的胖虎，尚东山有眼力见多了，他拉过胖虎和夏春生，二话不说向外面走去。

　　病房里只剩下了季青临和夏春树，夏春树无奈地摇摇头，拉了一把椅子在床边上坐下，单手撑着下巴打量着昏迷不醒的季青临。

　　他躺在雪白的床单上，显得发丝更加漆黑。季青临闭着眼，长长的睫毛在眼皮下方落下青色的剪影。安静下来的大男孩，更像是从水墨画中走出来的矜贵公子。

　　想到他护住自己的那个画面，夏春树内心不禁涌出一股暖意。

　　四下无人，寂静无声，她心中微动，伸出手指轻轻碰了碰那柔软的睫毛。睫毛划过指尖，微痒，她的指尖下滑，轻柔地掠过那高挺的鼻梁、微陷的人中和……温热的淡粉色唇瓣。

这小子长得真好看。

夏春树不止一次地沉醉于他的美貌。

在她走神时，季青临已苏醒过来。他缓缓扭头，漆黑的眸看着她。过了一会儿，他的脸颊猛然红了："春树姐……"

季青临声音喑哑，略带羞涩。

夏春树眨眨眼。

他微微抿唇："你的手……"

手？

夏春树视线下滑，这才发现自己的指尖不知什么时候停在了他性感的喉结上。愣了片刻后，她很快把手收回，撩了下头发，像什么事情都没发生过。

她不自然地别开视线："你醒了呀。"

"嗯。"季青临支撑起身子，揉了揉还泛酸的太阳穴，看向夏春树，眼神关切，"你没事吧？"

夏春树说："我没事，我能有什么事？"

他上下打量她一番，见她好好的没有受伤后，长舒了一口气："你没事就好。"

说完，他冲她露出一个浅浅的笑。

夏春树心头一动，忍不住捏了捏他的脸，哼了声："笨蛋。"

季青临没有回嘴，依旧笑着。

门外，从外面赶过来的艾佳佳赶巧看到了这一幕，她握着手上的礼盒，眼神中写满落寞。

"佳佳，不进去吗？"同伴问。

艾佳佳摇摇头，转身离开："我们走吧。"

平日里的季青临气质清冷，不管对谁都是一副冷冷淡淡、不可接近的模样，她以为这是他的性格。然而对夏春树，他却表现出了最温柔细腻的一面。如果不是真的喜欢到了骨子里，他又怎会如此放低自己的姿态。

晚上，比赛结束后，外面突然飘起了雨点，季青临接到季渊然电话，季渊然让他回家一趟。

夏春树怎么都不能让被足球砸过的季青临一个人回去，最后决定开车送他。

到季家时已经是八点左右，雨水由小转大，不住地拍打着车窗。看了眼阴沉的天色，季青临眉头皱起："春树姐，这样的天气开车很危险的。"

车窗外大雨倾盆，作为车技不怎么好的女司机，夏春树心里的确有些怵。

"你晚上也没吃饭，不如、不如先在我家吃吧？"季青临小心翼翼地邀请着。

夏春树解开安全带，说："好吧，等一会儿雨小了我再回去。"

见她答应，季青临脸上露出了一抹笑。

刚下车，管家就拿着伞出来迎接，季青临害怕她淋着，一直细心护着她。

进入客厅，夏春树一眼看到了坐在沙发上的季渊然。见到她，季渊然并不意外，他冲她笑了下后，起身走上前来："春树送青临回来的？"

夏春树点点头："他今天为了保护我被足球砸了一下，躺了好半天才起来。"

"你没事吧？"季渊然关切地问。

季青临摇摇头："没事。有饭吗？春树姐还没吃饭呢。"

季渊然叹了一口气，笑着调侃他："整天就知道春树姐，除了'春树姐'你还会说什么？"

季青临脸红了，夏春树揉了揉耳朵，也有些不好意思。

看着两个沉默的孩子，季渊然的笑容深了深："好了，去洗手吃饭吧。"

去洗手间的路上，夏春树凑到季青临跟前说："你每天和你叔叔说我？"

季青临轻咳一声，道："也、也不是每天。"

"嗯？"

他一本正经："隔一天吧。"

夏春树"扑哧"一声笑了："小笨蛋。"

季家的晚餐向来清淡，夏春树正在减肥，这营养餐对她正合适。

餐桌上一片沉默，季渊然用眼角余光掠过她，轻声打破寂静："明天是你爸妈的忌日，你看你愿意去扫墓吗？"

季青临握着筷子的手顿了下。

夏春树抬起头，不由自主地看向了他。

自从父母车祸去世，季青临一直把自己关在小世界里，他很怕提及父母，更怕面对他们，所以从他们去世至今，他从未去过墓园。

季青临抿抿唇，表情猛然黯淡下去。

"你要是不愿意……"

"我愿意，"他打断了季渊然，"我愿意去见见爸爸妈妈。这么多年，是我不好……"

他是声音渐渐低了下去，所有的情绪渐隐于眼中。

季渊然的嘴角勾了勾："你去的话我就不去了，刚巧公司也有些事。"

"嗯，您不用管我。"

吃完晚饭，外面的大雨还持续着，夏春树被大雨困住无法回家，只能在季家暂住一晚。

季渊然让人收拾完客房后，她便去洗澡，早早歇着了。

听着外面的雨声，又是在陌生的地方，她怎么也无法睡着，于是躺在床上无所事事地刷着微博。就在此时，窗外传来一阵剧烈的雷声，白色的闪电斩断夜空，留下一道耀目的白光后迅速消失。

她看着窗外出神，季青临的父母是在雨天去世的，他应该……很怕打雷吧。

夏春树放下手机，想也没想地赤脚离开房间。

夜深人静，别墅里所有人都睡了。夏春树清清嗓子，敲响了季青临的房门。里面没有动静，她试探性地推了推门，门开了，他没有锁。

夏春树放轻脚步进入房间，厚重的窗帘把房间遮挡得密不透风，眼前伸手不见五指。她摸索着把灯打开，见床上被子凌乱，没有半个人影。夏春树怔了下后，转头拉开了衣柜。

季青临正缩在里面，双手死死抱着头。

他那小可怜的模样让夏春树有些心疼，她上前一把把他拽了出来。

季青临面色苍白，瞪大的黑瞳里满是恐惧。

"我在呢，天使儿不要怕。"夏春树安抚性地摸了摸他的脸，牵着他向床边走去。

外面又是一阵雷鸣，他身子一个哆嗦，转身把夏春树死死抱在了怀里。

她任由他抱着。

季青临全身战栗，手骨因为用力而凸起，力道大到像是要把她揉入血肉。夏春树用被子把两人全部裹住，黑暗中，他呼吸急促滚烫。

夏春树贴近他："你今天保护我的样子很勇敢。"

他的指尖颤了一下。

夏春树是声音带着笑意："谢谢你，青临。"

她这样叫他，细语呢喃，温柔动人，简简单单两个字，让他不由悸动。

季青临的呼吸逐渐平稳，夏春树继续说："你要是不介意，明天也带着我去吧。"

他总算开口了："去哪儿？"

夏春树说："扫墓。"

季青临有些惊讶。

她说："我想看看，到底是多么幸运的父母能拥有这么优秀的小菜鸡。"

季青临嘴唇动了动，最终什么话也没说出来。他手臂用力，死死地把夏春树抱在怀里，然后说："嗯。"

他才想知道，到底是怎样的幸运，才能让他遇见这么温柔的夏春树。

两人抱着睡了一夜，第二天，面对管家和季渊然揶揄的眼神，季青临红着脸什么也没解释，因为他知道说了也是白说。

早餐过后，季青临拿着东西前往西岭墓园。

下过雨的清晨地面潮湿，墓园两边种植着不知名的野花，开得郁郁葱葱，娇艳动人。

离父母的墓地越近，季青临的心越沉，每走一步，他都要拿出莫大的勇气来。

夏春树扭头看了季青临一眼，伸手环住他的臂膀，无声地给予他安慰和鼓励。

终于，两人到了季家父母的墓地前。

墓碑上的照片里，那对夫妇还很年轻，男人英俊，女人貌美，看着镜头的眼神十分温柔，像极了季青临。想到他们这么年轻便逝去了，夏春树心中不禁涌出一股痛惜。

季青临的喉结上下滚动，好半天后，他才伸出手抚去墓碑上残留的雨水，随后，他放下了手中的花。

他曾经在梦里和父母说过千言万语，可真正见了，却一句话都说不出来，心里只剩下难过与痛苦，还有悔恨。

望着神色落寞的季青临，夏春树轻轻开口："叔叔阿姨好，我是夏春树。"

他惊了下，不由看过来。

夏春树语气认真："季青临很乖也很聪明，他现在长大了，你们不要担心。"

"春树……"季青临嘴唇颤动，眼眶骤然红了。

他抽了抽鼻子，深吸一口气，卸下内心那乱七八糟的情绪。

好不容易见了父母，他不能一句话都不说。

"我……我……我……"

因为紧张，季青临又开始结巴，他最终放弃，抿着唇呆呆地看着墓碑。

过了好半天，平复下心情后，季青临重新组织起了语言："爸爸妈妈，对不起……"

"对不起"这三个字，他在心里说了千遍万遍，可是只有这一遍是当着他们的面说的。

"我、我很想念你们。"他把脊背挺得笔直，眼眶通红，"之前一直不敢来见你们，是因为我不知道如何去面对，真的很抱歉。如今……如今我过得很好，小叔叔也对我很好，我、我已经重新去上学了，还认识了很多朋友，他们都很关照我，你们在那边不用担心。"

天空晴朗明丽，墓碑的照片上，夫妇俩眉眼柔和，像是在看着他，听着他的诉说。

这一瞬间，季青临内心的担子突然就放下了，他闭了闭眼，说："以后我会常来看你们的，希望你们在天国安好。"

两人从墓园下来，比起上来时，季青临的步伐明显轻快了不少。没什么比解开心结更让人开心，他走出了内心的迷城，从此以后，勇往直前，无所畏惧。

季青临的眼角余光瞥向夏春树，目光深了深，他小心翼翼地勾了勾夏春树的手指，又很快松开。

夏春树回过头问："你想和我牵手吗？"

看着忸怩的季青临，夏春树大大方方地拉住了他宽厚的手掌。

"春树……"他轻轻地叫了她名字。

"嗯？"

"我真的很怕打雷。"

夏春树点头："我知道。"

他目光深邃："我胆子也很小，也很怕黑。"

夏春树又点头："我也知道。"

风吹动树叶，也吹来了他的声音："比起这些，我更怕你离开我。"

他会克服雷鸣带来的恐惧，也会克服黑夜给他的不安，但唯独这件事，他无法克服。

他以前只贪恋她的眼神，只要夏春树看他一眼，他就开心得不得了。可是如今，季青临变得贪心起来，他想要更多，想要她永远不离开自己，往后余生，都想有春树一人在他身边。

夏春树贴近季青临，说："我不会离开你的，毕竟像你这么蠢的人，离开了，我就再也找不到第二个了。"

季青临一怔，笑了。

第十章
小男朋友

那天过后，季青临下定决心要给夏春树一个家，每天发愤图强、刻苦读书，那废寝忘食的模样让室友以为他吃错了药。

季青临每天游走在春树家和学校两点一线，终于，在一个星期五，他被季渊然派过来的司机接回了家。

已经连续两周没回家的季青临恭恭敬敬地站在季渊然面前，等着他说话。

望着侄儿那迫切的眼神，季渊然轻轻低笑着调侃："我要不要往脸上挂张春树的照片？"

季青临回神，反应过来他话里的意思，脸上一红，忙不迭地摇头。

季渊然长腿交叠，声线温润："这周日是天行成立二十九周年庆典，我希望你能来参加，当然，你不愿意就算了。"

季渊然知道他喜静，哪怕他已走出阴霾，自己也不想强迫他。

季青临没有直接拒绝也没有直接答应，而是问："春树姐会来吗？"

季渊然愣了一下，随后笑了。

季青临被笑得面红耳赤，胡乱抓了下头发后，结结巴巴地道："我、我、我……我到时候再说。"

说完，他留给季渊然一个匆忙的背影。

季渊然无奈地摇头。他这侄子看着面冷，其实呀，只是一个还没长大的单纯的小羊羔。

上楼回房后，季青临松了一口气。

说到周年庆典，季青临不由回想起之前在家里举办的那次宴会，那时候他是那么期待和夏春树见面，无数次幻想着邀她共舞的画面。即使过了这么久，那一天依旧是他不能释怀的遗憾。

季青临深吸一口气，用微信联络了夏春树。

季青临："春树姐，你在吗？"

发完这六个字后，他便拿着手机一直紧张地等待。

几分钟后，夏春树回了寥寥几字："在直播。"

晚上六点，是她刚开直播的时间。

季青临打开电脑，进入她的直播间，看到春树刚进入游戏，并且邀请了肖越。

望着那个 ID，季青临咬咬唇，心里不住地泛酸。他用修长的手指小心打字："那你先忙。"

发完，他便没再打扰她。

夏春树今天是和 WY 战队成员四排，季青临发过信息后，她便一直没在状态，失误了好几次。

肖越看出她的心不在焉，笑道："想你的小男朋友吗？"

夏春树调动着人物视角，头也没抬地说："是啊，想我的小男朋友了。"

这句轻描淡写的话让整个直播间的观众们都炸开了锅，更让正准备关电脑的季青临炸了。

他那双漂亮的眸子怔怔地盯着在打游戏的夏春树，心跳如擂鼓，手心出汗，身体僵硬，动弹不了丝毫。

她说……

她是认真的吗？

一直以来，季青临都觉得是自己配不上夏春树，总觉得是自己一厢情愿，今天……这是第一次，听到她主动说这样说。

一局游戏结束后，夏春树伸了个懒腰，说："不来了，让我小男友看到我和别的野男人打游戏就不好了。"

"野男人"肖越挑了下眉，像是知道季青临正在看直播一样，调侃道："都说野花比家花香，我看，你抛弃你小男友，让我跟着你得了。"

夏春树还没来得及回复，一条闪亮的弹幕便出现在置顶，金灿灿的字体差点闪瞎一群人的眼。

"不准和我女朋友说话！"

夏春树先是没反应过来，随后"扑哧"一声笑了："越神你别逗我们家天使儿，他会哭的。"

肖越也跟着笑了："好，不逗了，那再见吧。"

夏春树忙说："再见。"

看到这一幕，"天仙"粉觉得被放鸽子也值了！

提前下播后，夏春树给季青临打了视频电话。电话很快被接通，她的手机屏幕里是季青临放大的俊脸。

她宠溺地看着他："天使儿，你找我什么事？"

季青临轻声道："你、你给我换个称呼。"

夏春树茫然道："你想换什么？"

季青临结结巴巴地道："就、就你刚才说的那个……"

夏春树瞬间懂了，但她没有直接点破，反而故意逗弄他："刚才那是……野男人？"

他呼吸一窒："不是！"

夏春树眉眼带笑："家花？"

季青临腮帮子微鼓，气鼓鼓的，像是只发怒的小羊羔。

夏春树单手托腮，说："好啦，男朋友。"

他脸上瞬间多云转晴，笑得干净又迷人。

夏春树因为这笑容恍惚了一瞬，也不知是不是自己的错觉，她总觉得季青临越发帅气得惹人移不开视线了，难不成这就是所谓的"情人眼里出西施"？

"春树姐，"季青临眼巴巴地看着她，"周日是天行的二十九周年庆典，我能、能邀请你做我的女伴吗？"

"可以呀。"夏春树答应得干脆，"那天我当然会去。"

狸猫 TV 是天行旗下的公司，就算季青临不邀请，她还是要出现在那里的。

得到回应的季青临感到由衷的欣喜。

看着笑得像个傻子的季青临，夏春树忍不住逗弄他："你那天一定要穿得好看点，不准给我丢脸，知道吗，男朋友？"

季青临重重地点点头，回答得一本正经："我一定不会给你丢脸的。"他顿了下，接着说，"女朋友。"

说完，他又傻乎乎地笑了。

夏春树一愣，跟着他笑了出来。

周日，天行集团。

尽管未到庆典开始时间，场外的车库已停满了车。衣着光鲜的宾客接踵而至，会场大厅洋溢着和睦的喜色。

夏春树穿了条星光鱼尾长裙，衣裳上的细碎光点宛如星辰点点，梦幻迷人，黑色细纱坠地，腰身收拢，衬得她皮肤白皙、双腿修长。她的长发卷曲，拢在一侧，别在头上的蝴蝶水钻折射出浅浅光泽。她五官精致，眼波潋滟，气质毫不输于身边的一众名媛。

今天，除了她之外，夏春生也一同前来。夏春生难得穿上正装，笔挺的西装衬得他身形笔直、气质清冷。他静静地站在金光闪闪的大厅中，宛如从漫画里走出来的贵公子，耀眼瞩目。

夏春树用眼角余光扫了眼身旁的夏春生，凑上前好奇地问："你从来不参加这种宴会的，今天怎么就转性了？"

夏春生不露声色地说："兄弟的请求不能拒绝。"

"你快拉倒吧。"夏春树对这个理由很不屑，"你不插你兄弟几刀就不错了，还'不能拒绝'。你别是看上哪家姑娘，想去撩人家吧。"

结果，这随口之言让她弟弟红了耳根。

夏春树沉默了一会儿，八卦道："真的……看上哪家姑娘了？"

夏春生没说话，算是默认。

夏春树不禁叹气："真悲哀，那姑娘上辈子一定毁灭了银河系。"被她弟弟看上，真是太惨了……简直惨无人道。

两人说完话，夏春树在角落里找到了等候已久的季青临。

他一个人站在暗处，西装革履，长腿笔直，浓密的发丝打了蜡，整整齐齐抹在脑后，露出饱满的额头和格外深邃的五官。他今天很迷人，像是行走的荷尔蒙，尤其是那一双眼，深邃、安静。

有小姑娘对他有好感，忍不住诱惑上前搭腔，他颔首拒绝，有礼又疏离。

夏春树眯了眯眼，爱死了他清冷傲然的模样。

此时，季青临也发现了姐弟俩。在看到夏春树的那一刻，他的黑瞳里有了光，亮晶晶的，好似夏春树裙摆上的星辰。

季青临急步走过来，低头看着夏春树，冲她露出洁白的牙齿："春树姐。"

因为太开心了，他的尾音荡漾，配合着那沙哑的嗓音，又可爱又性感。

夏春树不由想，她的小男友未来一定迷死人。

季青临和夏春树打完招呼后，施舍给夏春生一个眼神，语气要多随意有多随意："春，你也来了。"

夏春生脸一黑，说："春生。"

季青临没在称呼上浪费时间，弯腰凑到他耳边，说："云芽在游泳池那边。"

说完，他拉起了夏春树的手走开了。

夏春树准确地捕捉到二人对话中的关键点，仰头看着季青临，问："我刚才听到什么云芽，云芽是谁？"

季青临说："一种花。"

"花？"

她皱眉，好像没听说过这种花。

"春树姐，我们去跳舞吧。"季青临整理了下领带，一本正经地向她行了一个绅士礼，"能答应我吗？"

夏春树当下笑出了声，顺从地把手递了过去。

季青临没和人跳过舞，舞步有些乱，夏春树也不介意，耐心与他磨合，寻找着默契。

一支舞很快结束了，季青临被季渊然叫了过去。临走时，他委屈巴巴地看夏春树，最后在催促声中，不情不愿地去了他小叔叔那儿。

和小孩子一样。

夏春树无奈地摇头，端了杯红酒去了休息区。

刚坐下，一个穿着紫色西装、打扮得很是油腻的年轻人坐了过来。那人贴得很近，身上的香水味无比刺鼻，夏春树皱皱眉，不由往另一边挪了挪。

那人紧跟而上，说："你是仙儿姐吧？"

"我也是狸猫 TV 的主播，上次的主播之夜，我们见过。"

夏春树盯着他看了几秒，觉得他有些眼熟，想了半天也想不出在哪儿见过他，于是转过头没搭理他。谁承想夏春树的沉默被他误认为默许，他当下把自己的手搭在了夏春树大腿上，并且来回摸了摸。

"晚上，要不出去聚聚？"

没等夏春树发火，眼前油腔滑调的男人就被一把扯了起来。

季青临比那男主播高了一个头，他微微垂眸，气势骇人，压迫性十足，顿时让男主播愣了。

季青临手指用力，声线喑哑："抱歉，她恐怕不想和你聚聚。"

这边的动静已经吸引了周边人的注意，感觉到那些人的指指点点，男主播脸上一热，顿时火大："你谁啊？我问她又没问你。"

"我是她男朋友。"

男朋友……那就是……

男主播还没来得及反应，季青临就甩开了他的手，并且掏出手帕嫌弃地擦了擦修长的手指。他把保安招呼来，说："把这位先生请出去，他从刚才到现在已经骚扰了三位女性，天行不需要这样的人。"

男主播惊了。然而，他还没来得及辩解，就被赶上来的保安强行带走了。

季青临"哼"了一声，说："我早就盯着他了。"

这男人从进门就不老实，没想到竟然把主意打到了夏春树身上。

想到夏春树，季青临的睫毛颤了颤，他用那湿漉漉的眼神看着夏春树，说："春树姐，你没事吧？"

她呆呆地看了季青临半晌，才从恍惚中回过神。

"行啊，你小子都会英雄救美了。"

季青临弯起嘴角："我只是恰好出现，算不上英雄救美。"

嗯，说话也好听。

夏春树越看越满意，越看越觉得他招人喜欢。

她的眼珠子转了一圈，见人没注意，便偷偷在他脸上亲了一口。

眼前的青年目光微沉，顺势揽住准备脱身的夏春树，弯腰亲上了她的唇。接着，他很快离开，用拇指揩去残留在嘴角的口红印记。

灯光昏暗，他俊美的脸颊隐入其中。

瞥到他嘴角那一抹红，夏春树觉得这孩子既邪气又性感，擦口红的姿态完全颠覆了他原来的纯良形象。

夏春树又一瞬间的恍惚，莫名感觉季青临变坏了。

"春树姐，你一直盯着我做什么？"

在她发愣时，他英俊的脸凑近，夏春树睫毛一颤，猛然抬头。

男孩的眉眼是那般好看，深邃的眸子宛如酝酿着的万千星辰。他似笑非笑，性感的模样让夏春树一阵心跳加速。

夏春树匆匆移开视线，把手上的红酒一饮而尽。

季青临低头，抿唇轻笑。

夏春生说得果然没错，他姐姐就吃美男计这一套。

"差不多要回去了。"夏春树觉得有些热，放下酒杯，伸手摸了摸脸，脸上一片滚烫。

季青临柔声道："你喝酒了，我送你回去吧。"

夏春树："好。"

夜色微凉，他修长的手指解开西装扣子，把外衣脱下，裹在她身上。

他的西装上带着干净的洗衣液的香味，瞬间驱散了甜腻的酒香。

季青临很快把车开了过来，她坐在副驾驶的位置，不由侧眸看向他。

当初那个腼腆的大男孩似是长大了，在夜色中的面庞透露出一个成熟男人应有的魅力，愈发的迷人心魄。夏春树眯了眯眼，想到他在酒会上的举动，心里不禁欢喜。

前方是红灯，季青临停了车。

她借机凑上前，轻轻吻上了他的脸颊。

"余生请多指教了，季先生。"

季先生……季先生。

季青临低头抿唇，好看的眸子里仿佛有星光闪烁。

普通的称呼，普通的吻，却让他似是得到全世界一样欣喜若狂。

被喜欢的人爱着，原来是这样的令人满足。

撩完季青临后，夏春树一秒坐好，靠着椅背缓缓合眼。

一路无言。

到了夏春树居住的小区，季青临小声地叫醒了昏昏欲睡的夏春树。

她揉揉眼，迷迷糊糊地下了车。

季青临有些不放心，起身跟了上去。

"我脚疼……"夏春树皱皱眉，看着近在咫尺的院落，停下不动了。

季青临歪歪头，立马蹲在了她面前："我背你上去。"

看着他那不甚宽厚的后背，夏春树浅笑盈盈地趴了上去。她的手环绕住他的脖颈，将头埋进他的肩窝，深吸一口，声音像奶猫一样慵懒："慢点走。"

季青临抿唇一笑，腼腆地"嗯"了声。

他走得很慢很慢，月光轻柔，把两人的影子拉得很长。感受着夏春树的气息，季青临觉得没有人比他更幸福了。

他一直以来梦寐以求的事，成了真。

"钥匙在我包里。"

季青临点点头："我知道。"

很快，他们到了家门口，季青临从夏春树包里摸出钥匙，小心地将门打开。到了玄关后，季青临别头看向她，问："要我背你上去吗？"

"不用了……"夏春树总算清醒了过来。

她想了想，突然用双腿死死缠上季青临的腰身，转动着身子要爬到他怀里。

季青临心里一惊，忙不迭地用手护住她，生怕她从自己身上摔下去。

夏春树费了九牛二虎之力才从季青临的后背爬到他身前，她喘息着捧住季青临的脸，笑着挑逗："小模样真好看。"

季青临耳根子一红，说："春树姐……"

夏春树继续逗着他："来，亲一个。"

说着，她低头吻上了他的唇。

正当两人浓情蜜意之时，客厅里突然传来他人的调侃声："现在的年轻人啊，就是腻歪……"

这声音有些耳熟。

夏春树皱眉离开了季青临，一定神，顿时酒醒。

她猛地扭过头，看到一家三口坐在沙发上嗑着瓜子，一边"咔嚓咔嚓"拍着照，一边围观着他们俩。

夏春树心里一惊，忙从季青临怀里跳了下来。

"爸、妈，你们什么时候回来的？"

爸、妈？

季青临瞪大眼睛，惊讶地看着眼前的中年男女。

他开始慌了，只想找道地缝钻进去！

尤其是，夏爸爸的眼神让他感受到了杀气。

夏春树狠狠瞪了眼一旁的夏春生，没等夏春生开口，夏妈妈就说："我们下午才回来的，你弟弟不知道，别怨他啊。"

夏春树："好吧，放过他了。"

夏春树脱了鞋，拉着季青临进门，大大方方地对着二老说："介绍一下，我男朋友。他年纪小，你们不要欺负他。"

季青临紧张得全身发抖，颤颤巍巍地鞠了一躬，又结结巴巴地说："爸，妈，好，我……我是季青临。"

他这老实又可怜的小模样让夏妈妈笑得合不拢嘴，又让夏爸爸恨得牙痒痒。

夏爸爸咬咬牙，问："叫谁'爸、妈'呢？"

季青临一愣，红着脸忙改口："我、我是说……"

夏春树："反正不久后我们就结婚了，提前改称呼也挺好。对了，给不给改口费啊？"

"闭嘴。"夏爸爸白了夏春树一眼，"这么大人了还贫。"

夏春树嘴角一扁，不说话了。

"好啦好啦，我看小伙子挺好的。"夏妈妈安抚着夏爸爸，"白白净净的，和你年轻时候一模一样。"

说着，夏妈妈又认认真真地打量起了季青临，笑容温柔又慈祥。

季青临被夏妈妈看得面红耳赤，头渐渐低了下去。

这孩子看着就本分。夏妈妈笑了笑，伸手推了下身旁和黑面神一样的夏爸爸，不满道："春树找个男朋友也不容易，你别用这张脸对着人家。"

夏爸爸"哼"了一声，很是不开心地扭过了头。

他辛苦养大的女儿被猪拱了，换作是谁都不会开心。

"来来来，青临过来和我们聊会儿天，春生去泡茶。"

夏妈妈对季青临可谓是异常热情，让夏春生这个亲生儿子看了都有些嫉妒，但他还是听话地泡茶去了。

未来丈母娘的聊天话题自然是围绕着季青临的家庭和学业，她问什么，他就毕恭毕敬地答什么。得知季青临父母双亡后，夏妈妈母爱泛滥，对他更加疼惜，听说他的小叔叔是季渊然，夏妈妈更开心了，觉得这一切都是缘分。

夏爸爸虽然还是臭着一张脸，但心里已经算是认可这个女婿了。

作为一个学者，他能从一个人的谈吐中了解这个人的教养品行。季青临谦而不卑，落落大方，说话间能体现出他独到的想法和智慧。这样的青年必能成为栋梁，日后更能成为一个好丈夫。

可是……夏爸爸还是不乐意。

夏妈妈又问："那你们准备什么时候结婚？"

季青临睫毛一颤，攥紧拳头，猛然起身，看着二老的眼神坚定有力。季青临深吸一口气，郑重道："等我大学毕业，我就娶春树姐，希望你们能把女儿交给我，我一定……"

"闭嘴吧你！"话还没说完，季青临的脑袋就被狠狠敲了一下。

为了阻止他说出更羞耻的话，夏春树强行拉着季青临的衣领就把他带上了楼。

回到房间，夏春树"啪"的一声把门关严实。

季青临用湿漉漉的眼睛看着她，小眼神有些委屈："我是很认真地……"

夏春树翻了个白眼："你那么突然，会吓到我爸的。"

季青临鼓了鼓腮帮子："爸爸好像不喜欢我……"

夏春树一愣，紧接着"扑哧"一声笑了："你试想一下，如果你以后有个女儿，她被你呵护着长大，然后突然之间，一个男人出现，抢走了她，你会喜欢他吗？"

季青临眉头紧蹙，想到自己和春树的女儿未来会被抢走，他气得全身的汗毛都倒立起来。

他咬牙切齿、凶狠狠地道："我会打死他的！"

"这不就得了。"夏春树耸耸肩，"我爸没打你已经是不错了。"

嗯，有些道理。

突然，季青临像是想到什么一样，冲夏春树"嘿嘿"地傻笑着。她不明所以地看过去。

眼前的青年说："这么说来……你愿意和我生女儿了？"

啥？

他是怎么突然联想到这一层面的？

夏春树很是无语地看着他，随后说："你先毕业再谈论这些吧。"

最后这句话简直成了对季青临最大的鼓励，这天过后，季青临连同夏春生都投入到紧张的学习中，他们一边忙着修学分，一边商量着关于未来游戏公司的策划和事宜。而夏春树依旧每天直播"吃鸡"，犯懒了就"鸽"一下，闲得无聊就在微博发点季青临的照片来收揽人气。

现在，黑季青临的依旧不少，但大多数人是为了抽奖……

日子慢慢地过去，季青临和夏春生终于顺利地大学毕业了。

庆祝会上，一群人都喝高了，尤其是夏春生那几个哥们儿。得知两人要提前毕业，他们各种鬼哭狼嚎，最后纷纷表示脑子好的都不是东西，尤其是夏春生，对不起他们这几个学渣。

季青临也喝了不少酒，但比起耍酒疯的其他人，他显得非常乖。

这两年他又长高了一点，也结实了不少，眉眼里的稚嫩散去，越发像是一个气质出众的成熟男人。喝醉酒的季青临散乱着头发，脸颊潮红，眼神迷茫。

他脸上写满了"我是谁、我在哪儿、我在做什么"，又懵懂又可爱。

瞥了眼醉倒在包间里的其他人，夏春树光明正大地亲了口眼前的"小奶狗"。

占完便宜后，夏春树细心地整理着他乱糟糟的头发，放软声音："天使儿，我们要回去了。"

季青临眨眨眼，环视一圈，最后艰难地看向夏春树："嗯？"

他喝高了，眼神茫然，全然不知道自己在哪里，唯一能辨清的只有站在他眼前的夏春树。

"回家了。"夏春树一边说一边给他穿外套、围围巾，像照顾孩子一样细心地呵护着他。

季青临条件反射性地抬起下巴，由她照料着自己，说："回、回家？"

他有些大舌头，身子歪歪扭扭，像是要马上跌回沙发上一样。

"嗯，回家了。"穿好大衣、背好包后，夏春树冲季青临伸出手，"走了。"

季青临打了个酒嗝。即使是这个时候，他还是关心着他的好兄弟春生。季青临指了下倒在沙发另一边的春生，说："春、春、怎么、怎么办？"

"活该。"夏春树唾了口，"一杯倒还喝那么多，让他躺着去。"

季青临摇摇头，心里舍不下自己的好兄弟，当下摸索着找手机，说："我、我找云芽。"

"你找个锤子云芽，"夏春树强行拉起他，"云芽压根不理他。行了，我们快走吧。"

"哦……"

季青临老老实实地跟在夏春树身后，他走得摇摇晃晃，却也不会跌倒。

出了门，冬日的寒风呼啸而来，顿时冷得他打了个喷嚏，他酒醒了大半。

刚下过雪，外面白茫茫一片，映着城市霓虹，如梦如幻，似是仙境。

季青临微眯着眼，感受着身边人传来的温暖，突然就有些恍惚。

在很久很久以前，他总是幻想着和爱的人在一起，走过春夏，走过秋冬，走过火红的枫叶，也走过泥泞雪地。他认为那只是梦，可是现在……这些事正真真切切地发生着。

季青临看着夏春树的侧脸，如絮白雪中，她眉眼温柔，仿若春风。

看着她，季青临的心软得一塌糊涂。他用力捏紧夏春树的手，嘴里含糊不清："你肯定、肯定是上天赐给、给我的仙女。"

夏春树有些没听清，停下了脚步，问："什么？"

"我说……"季青临揉揉眼，一把从后面抱住了她，突然大喊了一声，"我好喜欢你哦！"

他这一嗓子惊到了夏春树，夏春树一个激灵，有些尴尬又有些害羞地冲路过的行人笑着。

"第一次、第一次见你就喜欢、喜欢得不得了，不得了地喜欢。"季青临喝醉了，嘴里的话就连自己都不知道是什么意思，"春、夏春树，我们宝宝，叫……叫爱树、树怎么样？"

感受着过路人的视线，夏春树脸上红一阵青一阵，她用力挣开季青临，说："你别闹了，这什么鬼名字，土死了。"

季青临半闭着眼，说："那、那就……季吃、吃鸡！"

夏春树往他那边踹了一脚："滚！吃你个头！"

一路上拖拖拉拉地闹了好久，等两人回到家时都半夜了。

夏春树又是拖又是拽地把季青临丢上床，看着床上瘫软得像是烂泥一样的男人，夏春树觉得自己也快废了。

这一个个都是一杯倒，还非要喝那么多。

她扭头去换衣服，结果刚走到衣柜前，床上的男人就一个鲤鱼打挺站起身，从后面紧紧抱住了她。

他贴紧夏春树，用那醉酒后的喑哑声音说："春、夏春树，我、我不想做男生了，我想……我想做你男人。"

正说着，身后的男人伸出舌头舔了下她的脖子，酥麻感遍布她全身。夏春树低低嘤咛一声，双腿软了下去。

他的呼吸愈发急促，他闭着眼，顺着感觉去亲吻舔舐着她。

"春树姐，我想……想和你在一起。"

这话已经非常直白了，是个人都能听懂。

夏春树拧着眉，心里直打鼓。

虽然她和天使儿交往了两年，可他们之间的亲密程度止步于接吻。季青临是个绅士又腼腆的大男孩，从来不会做越矩的事，夏春树有时候想和他更近一步，却又不想因为自己而耽误他的学业。

可是今天……他毕业了。

夏春树转过身子，捧起季青临的脸颊，张嘴重重咬上他的下唇。突如其来的剧烈疼痛让季青临瞬间清醒，他眼中的迷雾散去，略显呆滞地看着近在咫尺的夏春树的脸。

夏春树小声说："先去洗澡。"

季青临歪歪头："洗澡？"

他脸蛋潮红，吐息间皆是酒气，呆萌得像一头小羊羔，萌得夏春树心肝乱颤。

夏春树深吸一口气，说："你进去洗干净。"

"哦。"季青临挠挠头，乖乖地进了浴室。

等他进去后，夏春树去了其他房间的浴室，她快速卸妆又冲了个凉后，裹着浴巾重回到房间。浴室的水声还在继续，她却没听到季青临的声音。

夏春树心里直打鼓：这小子不会是睡着了吧。越想越觉得有可能，于是她心急火燎地推开门。

在看到里面的情形时，夏春树顿时沉默了。

只见季青临衣服解开半边，浴缸的水早已溢出，近乎溢满整个浴室，他半仰在水里，双手平放在胸口，睡得很是安稳。

夏春树的指甲死死抠着门框，她现在有种想直接掐死他的冲动。

最终，她抑制住想杀人的欲望，上前拧好水龙头，费力地拉起季青临，胡乱给他换掉身上湿掉的衣服。

季青临身材真好，长腿宽肩，六块腹肌，人鱼线性感迷人得一塌糊涂。她吞咽了一口唾沫，视线小心翼翼地向下移动，最后停留在他腹部，不敢往下看。

夏春树火急火燎地把季青临丢进浴缸，认命地给他清洗着身体。洗着洗着，自己的手腕被人拉住。

那双手很大，手指非常好看，修长干净，指甲修剪得很圆润。

她视线往上，对上了季青临的双眸。

那双眸中醉意不再，他的眼神明亮又清醒。

他就那样定定地看着她，像是看着世界上最美的画卷。

那含情脉脉的眼神让夏春树有些许愣怔，下一秒，男人将她微微一拉，她的浴袍顺着身体滑落到地上。

季青临凑过去，小心翼翼地亲吻上了夏春树的唇瓣。

他吻得很深情、很温柔，如同对待世界上独一无二的珍宝。

滚烫的大手扣住夏春树圆润精致的肩膀，他慢慢将她完全笼罩在怀里。

夏春树小声问："你酒醒了吗？"

季青临声音沙哑："我一直醒着呢。"

"骗人。"夏春树叹了一口气，起身迈入浴缸，温热的水紧紧地包裹着身子，让她整个人都放松下来，"算了，醉了也好。"

她抱住他结实的手臂，低头轻轻在他手背上落下一吻。

季青临再也无暇顾及其他，抱着夏春树，与她热情相融。

长夜漫漫，屋外是盛开的白雪，天寒地冻，月光都染了寒意。屋内是满目春色，情意浓浓。

这一夜过得漫长。

第二天，季青临醒来时已是上午十点。

而夏春树被季青临折腾了一晚上，现在还没醒来。

他眨眨眼，呆呆地看着天花板，最后扭过头，入目的是女人光洁的后背和凌乱的发丝。

昨夜的事历历在目，季青临恍惚片刻后笑了，凑上前把夏春树轻轻揽在怀里。

她翻了个身，完全被他抱住。

温暖的阳光从窗外照入，暖洋洋一片。

季青临闭着眼，内心充满着从未有过的满足。

窗外悬挂着的是太阳，身边躺着的是他最爱的女人。

他曾经厌弃过自己的生命，自己的存在让他失去了父母；可是此刻，他无比庆幸自己还活着，无比感谢用尽一切保护着他的父母。

"夏春树，"季青临吻了吻她的额头，声音动情，"谢谢你。"

这个女人像是春树一样盛开在他寒冷的冬夜里，她不顾一切地走进他的生命。

从此以后，他有了信仰，有了盔甲。

从此以后，他不惧流言蜚语，不惧艰难险阻。

从此以后……他和她，生死与共。

番外
一枪一个"嘤嘤怪"

　　《失落之地：大逃生》是一档以《绝地求生》为主题的真人线下游戏，游戏场地一共四十万平方米，其中包括电影院、居民楼、图书馆、厂房和小型沙漠等。为了宣传游戏城，公司共邀请了百名主播参与此次游戏互动。

　　作为主播一姐，夏春树自然也收到了邀请。除了她之外，这次一同参加的还有越神等人。为了不让游戏寂寞，夏春树又强行拉来了夏春生和季青临。

　　大学毕业后不久，两个毛头小子和一干狐朋狗友成立了一个游戏工作室，他们没什么经验，每天跑前跑后忙得焦头烂额。夏春树也是怕他们忙傻了，所以想借这次机会让他们放松放松。

　　早上八点，夏春树到达游戏城。

广场内早就站满了应邀前来的主播，多数主播带来了直播设备和摄像师，相比之下，两手空空的夏春树寒酸得很。

　　"嗨，仙儿姐！"

　　此时，有人认出了她，张开手臂向这边挥了挥。

　　顿时，四面八方都有人向她打着招呼。

　　"仙儿姐你也来了啊！"

　　"我们可不会手下留情的，你要保护好你的小男朋友。"

　　"我赢了能和春生弟弟结婚吗？"

　　众人疯狂地打趣，现场一片热闹。

　　夏春生双手插兜，冷着一张脸。

　　"我赢了能和仙儿姐结婚吗？"

　　人群中不知谁跟着喊了这么一句，缄默不语的季青临猛然抬头，说："不行，她已经和我结婚了……"

　　虽然婚礼还没有办，可证已经领了，他们是经过认证的正式夫妻。

　　季青临这话又引起一片笑声。他皱皱眉，不知有什么好笑的。

　　夏春树轻叹一口气，踮起脚尖捏着季青临那白白嫩嫩的脸蛋："小傻瓜，他们逗你呢，这些人就喜欢欺负老实人。"

　　季青临嘴唇轻抿，低头沉默。

　　游戏很快开始了。

　　游戏规则十分简单，每组队伍的出生点随机，需要搜集资源或抢夺敌方资源。当警笛声响起时，他们要在规定时间内进入圈内，否则视为被淘汰，这和游戏中的毒圈是一个道理。

夏春树这边只有三个人，她、夏春生加上季青临。

他们的出生点在图书馆，图书馆位于游戏圈正中心，资源丰富，敌人自然也多。

夏春树先捡了一把枪，弹药是灌了红药水的小球，即使被打中也不会受伤。

"距离毒圈逼近还有五分钟，请玩家到目的地——厂房。"

广播一连播报了三次，夏春树折开地图，觉得稳了，厂房就在前方三百米处，非常近。

"春生，拿好东西，要走了。"

夏春生懒懒地回应了一声，把桌上的望眼镜往脖子上一挂，跟在夏春树身后。

这真人"吃鸡"和电脑游戏还是有区别的。电脑游戏考验的是操作和动态视力，真人"吃鸡"不一样，除了眼神，更重要的是体力，这方面男玩家要比女玩家出色。

作为常年宅在家的主播，夏春树鲜少锻炼，最多也就练练瑜伽。这会儿，她走了没多远就有些体力不支。

季青临一步抵她三步，步伐轻松，脸上毫不见疲惫。

"春树姐，要不要去前面休息一下？"

随着日头升高，天气愈发燥热。

夏春树挥手扇了扇，喘息几口："不用，哪有那么娇弱，要是被人看到该被笑话了。"

夏春生浓眉微挑："已经被看见了。"

他示意她看前方。

夏春树抬头看去，不远处，几个举着手机的年轻人冲这边摆着手。

"仙儿姐，和大家打个招呼呀。"

他们也是狸猫 TV 的主播，嫌摄像机带着沉，索性安排一人用手机全程跟拍。从开始到现在，他们的直播间已经有了二十万的观众，见夏春树他们出镜，观众和点击率更是以肉眼可见的速度上涨。

"啊呀，仙儿姐的丸子头超可爱！"

"春生弟弟貌美如花！"

"天使儿！天使儿好高啊，衬得我家仙儿小小的。"

"仙儿姐，你还记得我吗？去年主播之夜我们见过，我是猫神。相逢即是缘，我们组队吧。"年轻人说。

夏春树稍加沉默，说："恶意组队不好吧？"

对方说："这又不是电脑游戏，我们是正经合作，不算恶意组队。"

夏春树不禁思索，自己这队本身人数较少，加上她体力较差，已经远远落后于其他队伍了，可是如果组队……

正思索着，耳边突然传来清清冷冷的声音："不行。"

"啊？"猫神瞪大眼，"为啥啊天使儿？"

季青临抿唇，凶巴巴地说："你不要叫我天使儿，我、我又不是你的天使儿。"

又凶又奶，可爱至极。

夏春树忍不住笑了，看着他的眼神里满是欢喜和宠溺。

正在观看直播的观众们觉得要被这一幕甜炸了。

"仙儿姐你也用这种眼神看看我啊！"

"天使儿奶凶。 "

"这就是传说中的小奶狗！"

猫神也顺着季青临："好好好，不叫你天使儿，那我叫你什么？"

季青临说："季先生。"

一阵沉默。

猫神加队友四人齐刷刷地叫了声"季先生"，表情肃穆得像是接见什么重要人物，这倒是让季青临有些不好意思了。

他轻咳一声，结结巴巴地说："随、随便你们叫什么了。"

猫神问："那季哥？"

季青临有些害羞："嗯。"

他们公司的同事也会叫他"季哥"，他每次都听得很不好意思。

猫神又笑着问："那我们能组队吗？"

季青临还没有反应过来，条件反射性地点了点头。

几人击掌欢呼，打包票说："放心，我们肯定会让你们'吃鸡'的！"

季青临一脸茫然。

夏春树叹息一声，心想：傻孩子。

去往厂房的路上他们并未遇到敌人，一群人说说笑笑，非常热闹。

刚进入厂房，他们就听上方传来动静，季青临眼神锐利，当下就把夏春树护在了怀里。

"啪！"

红色的液体砸落在他背在身后的平底锅上。

夏春生面无表情，抬枪瞄准，正中靶心。

看着胸前的一片红，躲在墙角的玩家很是委屈："兄弟，你开挂了吧？"

夏春生收枪："是开了。"

他苦着脸问："哪儿买的？"

夏春生平静的面庞下隐隐带着傲慢："娘胎里买的。"

这人好不要脸！摆明了在夸自己天生厉害嘛！

对方努努嘴，转身退场。

"那边凉快。"季青临拉着夏春树来到厂房阴凉的角落，从包里取出一张报纸平铺在地上。等夏春树坐下后，季青临又用平底锅帮她扇风，并且把水送到了她嘴边。

也许是因为走路太多，又也许是太热，夏春树觉得胸闷恶心。

见她脸色难看，季青临不由问道："不舒服？"

夏春树点头："有些想吐。"

季青临心头一紧，神色以肉眼可见的速度变得紧张起来，他小心翼翼地问："中暑了？"

夏春树眼皮子都不想抬一下，漫不经心地道："可能是早上吃多了。"

季青临撇撇嘴："你早上明明什么都没吃。"

夏春树没说话，只是招了招手。

季青临瞬间明白了她的意思，乖巧地坐到了她身边。她顺势靠在他身上，略显疲倦地闭上了眼睛。

见她是真难受，季青临又心疼又无奈，他忽地想起什么，凑到她耳边低声问："我昨天是不是……"

夏春树脸色一变，伸手掐上他的胳膊，恶狠狠地警告他："不准说！"

"哦……"季青临闭嘴，很快又嘟囔，"那……"

夏春树："都说了闭嘴！"

大庭广众之下的。

季青临一脸委屈，并肩坐在她身边，再也不敢说话。

一片静默时，外面传来声音，下一秒，在门口巡逻的一名主播中弹淘汰。

在场几人顿时警惕起来，拿枪戒备。

"是仙儿姐啊！"

进来的是阿不还有肖越。

看到肖越，季青临的表情立马严肃起来。

因为肖越和夏春树签约在同一家公司，他们免不了因为工作有所接触。肖越单身，操作好，长得帅，季青临将他视为情敌。虽然人家压根没那个意思，季青临还是看他不顺眼。

"越神！"猫神眼睛一亮，"越神你还认识我吗？上次友谊赛我们一个队的。相逢即是缘，不如我们组队吧！"

这话隐隐有些耳熟。

夏春树睨过去："你怎么和谁都有缘？"

猫神挠头，笑得腼腆："没办法，人帅。"

"人帅"两个字让肖越浓眉一挑，下一秒，他把枪口对准猫神的胸口，"砰"的一声枪响，一脸茫然的猫神正式被淘汰。

"啊啊啊，越神你为什么这样！"

肖越语气淡淡："嫌你丑。"

猫神无语凝噎。

直播间的观众都快笑疯了，纷纷发送弹幕调侃猫神。

猫神嘴角一撇，不情不愿地离开了比赛场地。

距离下一个毒圈接近还剩三分钟，目前存活的只有不到十人。

肖越那组只剩下了他和阿不，其他队友都被他拉出来挡枪而死，非常凄惨。夏春树这边人数不变，依旧是来时那三人。

肖越拿枪接近，问："组队吗？"

没等夏春树回答，季青临便沉着嗓子说："不组。"

肖越挑眉："为什么？"

季青临神色冷漠："嫌你丑。"

肖越默然，心想：这小子，性子还真是一点都没变。

"那没办法了。"

既然谈不拢，就只剩下一个解决方式，他微一抬手，说："阿不。"

"了解。"

阿不正要开枪，后脑勺突然被人用平底锅轻轻地拍了下，没等他开口提醒肖越，对方已将肖越淘汰。

夏春生举着平底锅站在二人身后，面对阿不愕然的眼神，他笑得挑衅。

阿不气得跺脚。刚才他的注意力全在猫神和夏春树身上，完全忘记还有一个不省心的小子。

肖越玩了这么久的《绝地求生》，还是第一次被人用平底锅从背后偷袭，可以说是非常戏剧化了。

他也没恼，笑了笑，心甘情愿地把身上的资源全送给了夏春树一队几人。

"祝你们好运，我们先出去吃雪糕了。"

肖越耸耸肩，揽着阿不的肩膀转身离开。

毒圈开始缩小，学校将是决赛圈，目前，除了他们外，还剩下一队人。

学校稍远，从厂房绕过去的话，最少也要走十分钟，其间，他们还要躲避敌人。

厂房外像是一个大蒸笼，烈日炙烤着大地。

夏春树呼吸急促，逐渐体力不支。她眼前眩晕得厉害，全身的肌肉似是在海水中泡过一样，软绵绵的，使不上一点力气。

终于，她双腿一软向地上倒去。

猛然间，一双手伸出，夏春树被稳稳地抱在怀里。他衣衫上有好闻的橘子香气，清清爽爽，一如他的人一样。

夏春树抬起手，不由拉紧他胸前的衣料。恍惚间，头顶传来男人关切的嗓音："春树姐，你还好吗？"

这时，广播开始播报："请注意，毒圈开始缩小，请尽快前往安全区。"

夏春生皱眉，不由跟着问："姐，你没事吧？"

"有事。"她闷闷地说了声。

她胸口很闷，加上炎热，更是不好受，最主要的是，她很想吐。

夏春树没忍住，弯腰吐出一口酸水。

她闭闭眼，把身上的东西全摘下来放在脚边，虚弱地道："前面就是学校，你们怎么着也得给我拿个第一名。"

季青临小心翼翼地问："那你呢？"

夏春树摆摆手："我不行了。"

但凡能忍耐，她都会忍耐。可是此刻，每走一步都是煎熬。

应邀参加这个活动完全是公司的意思，不过她也想让弟弟和天使儿放松一下。若早知道自己身体会出现问题，她打死都不会过来！

想想也真是闲得慌，是空调房不舒服还是手机不好玩，非要来参加什么真人版的"吃鸡"，现在好了，没多长时间就中了暑。还好没人拍，不然被粉丝知道，他们非要笑话死她。

夏春树长呼一口气，找到一片阴凉地直接坐下起不来了。

她闭着眼，脸蛋苍白。

季青临目光微闪，神色是难掩的不安和关心。

似是打定注意一般，他的表情很快归于坚定。季青临把背包脱下，塞到夏春生怀里。

他目光坚毅："春生，你要帮姐夫拿回第一名！"

夏春生脸上写满问号。

季青临拍着夏春生的肩膀说："快走吧！不管生死，我都要陪着春树姐。"

说这话时，他的眼神带着英勇就义的决然。

夏春生却觉得……这人戏真多。

"实在撑不过去的话就叫救护车，我先走了。"夏春生捡起东西，最后看了夏春树一眼，转身离开。

耳边虫鸣鸟叫，她眸中倒映着晴空万里。四周静谧，他的呼吸又清又浅。夏春树微眯着眼，觉得气氛刚好。

"喂。"

"嗯？"

"现在要是末日，你也会留下来吗？"

季青临垂下眼睑，纤长的睫毛遮挡双眸。没有过多的犹豫，他低声应道："我要和你在一起。"

季青临的声音很小，浓情蜜意。

夏春树眼睛一弯，忍不住问他："你为什么喜欢我？"

他说："你笑起来很好看。"

他最喜欢的就是春树的笑容，温暖刚刚好。

他说："你的名字也很好听。"

夏春树，春树，充满希望与蓬勃的朝气。每当深夜难过时，他总是辗转念着她的名字，一个字一个字地念过去，呼出的气息都是甜的。

他说："你哪里都好，只有我不太好。"

夏春树一怔，不禁抬头。

季青临的眼神总是清澈的，他习惯性地注视着她，眼神又真诚，又充满爱意，有点浅浅的自卑。

他一直都很不安，即使两个人在一起了，季青临也害怕夏春树有朝一日会离开他。

夏春树有些心疼，闭上眼吻上了他温热的双唇。

这个吻是甜蜜的，是温柔的，唇齿相依感觉会抚平大男孩内心的创伤，她身上的香气更惹得人不可自拔。

季青临心跳加快，缓缓抬手环住她纤细的腰身。

情意正浓时，季青临突然感觉眼前的人没了动静。下一秒，她的身子像是没了骨头一样倒在他肩上。

季青临慌了神，起身把她抱起就向外跑。

被淘汰的玩家有的离开了，有的还在大厅休息处等待伙伴。看到季青临抱着夏春树出来时，众人立马投来了视线。

"仙儿姐这么快就被淘汰了？"阿不含着冰棍，从落地窗前向外看。

肖越眉头一皱，意识到事情并不简单。

"去看看。"

阿不点点头，拎上东西跟上肖越的步伐。

"季青临，春树姐怎么了？"

季青临回头时，肖越和阿不都愣了下。将近一米九的青年满脸汗水，一双好看的眸赤红，他嘴唇惨白，脸上写满无助。这可怜的表情让同是男人的阿不看了都心疼。

看到二人，季青临张张嘴，半天没发出声音。

肖越上前，看到季青临怀中的夏春树昏迷不醒，收敛目光，轻声安抚："你别急，春树姐到底怎么了？"

"我、我不知道……"他声音急切得像是立马要哭出来一样。季青临抽了抽红红的鼻子，"能、能送我们去医院吗？"

面对肖越时，季青临一直都是不屑一顾，或是疏离淡漠，从没像现在这样放低身段过。

"阿不，你去开车。"

"好嘞！"阿不把剩下的半根雪糕两口吃光，拿着钥匙跑去开车。

车子很快开了过来，季青临抱着夏春树坐在后座。肖越跟着上了车，一行人去了就近的医院。

距离医院还有一段路程时，夏春树悠悠转醒。

她微眯着眼，有气无力地道："我怎么了？"

"你醒了？"季青临抱紧她，委屈兮兮，"好些了吗？"

"嗯……"应了一声，夏春树又闭上了眼。

夏春树不知道，此时此刻，季青临已脑补出她身患绝症、命不久矣的情况。并且，他下定决心，不管多艰难，他都会在她身边，不离不弃。

抵达医院后夏春树被送入急诊科，季青临挂号付费跑上跑下。一切手续办得有条不紊，只有他自己知道，自己有多么不安。

终于，诊断结果出来了，季青临被叫到了医生办公室。

他拉开椅子，忐忑入座，双腿并拢，双手紧握成拳。

面前的医生正在看诊断报告，季青临心跳如擂鼓，额头沁出一层浅浅的冷汗。

半晌，医生看了过来，问："你是她丈夫？"

季青临结结巴巴："我、我是、是未婚夫，下个月……才变成丈夫。"

医生点点头，在单子上写写画画。

见他半天不说结果，季青临的一颗心瞬间沉入谷底，他赤红着眼眶，声音已带了哭腔："没关系，您、您说吧，就算结果再坏，我都、都可以承受得住。"

春树陪着他走过了人生中最苦难的时候，那一刻他就决定要守着这个女人一生一世，无论生老病死，他都痴心不改、永远相随。

医生皱着眉，眼神有些怪异，伸手把单子递了过来，说："先恭喜你了，你未婚妻怀孕五周了。不过她有些中暑，休息一下就好了……"

你未婚妻怀孕了……

怀孕了……

嗝。

季青临眼睛一闭，差点从椅子上摔下去。

他眼神放空，大脑一片空白，甚至连自己怎么出去的都不知道。直到肖越过来推他，他才反应过来。

看着季青临这明显的受到伤害的呆滞表情，肖越顿觉不妙，语气小心翼翼："春树姐……没事吧？"

阿不吞咽一口唾沫，跟着小心翼翼地问："兄弟，你、你要撑住啊。"

季青临茫然地看着两人，随后，眼泪流了出来。

肖越心里一个"咯噔"。

阿不眉心一抽。

接着，只听他说："我、我要当爸爸了！"

肖越心里又是一个"咯噔"。

阿不眉心又是一抽。

两人都没忍住，一人给了他一拳。

阿不忍不住骂道："那你哭个屁啊！"

季青临一边抹眼泪一边抽抽搭搭地说："我、我控制不住嘛。"

他担心了一路，生怕夏春树有什么不测，如今得知这样的好消息，控制不住喜极而泣了。

阿不翻了个白眼。嫉妒使他胆大包天，他狠狠捶了季青临一下。就说人比人气死人，他连恋爱都没谈过，这个傻兮兮的大个子美人在怀不说，还要当爸爸了！

羡慕，嫉妒。

肖越无奈一笑："行了，别哭了。春树姐应该醒了，你去看看她吧。我们还要训练，就先回去了。"

季青临点头，说了声"谢谢"，然后擦干眼泪去了病房。

阿不努努嘴，不由说："这小子傻乎乎的，也不知道仙儿姐看中了他哪里。"

肖越一笑："可能就是看中了他的傻乎乎。"

他虽然傻，可足够真诚，没有谁能拒绝得了这样的人。

休息过后，夏春树好了很多，见季青临进来，她冲他笑了下，又见他眼眶通红，她眉头蹙起，轻声问："哭了？"

季青临嘴角耷拉，闷着声儿："我以为……"

"你以为我快死了？"

他点头，紧紧拉住了夏春树的手。

夏春树有些无奈，更多的是好笑，她嗔道："你是不是傻？"

"我不傻……"

她说："傻子。"

这世上恐怕只有季青临认为中暑会死掉。

"比赛怎么样了？"

季青临回答："春生还在继续，他肯定会给你拿第一。"

夏春树说："无所谓了，这种东西。"

只是一个游戏而已，拿不拿第一根本不重要。

窗外阳光正好，夏春树闭着眼，有些昏昏欲睡。正在此时，耳边突然传来他轻轻的声音。

他说："春树姐，你怀孕了。"

季青临的语气小心翼翼，生怕惊扰到了夏春树。

夏春树心里一惊，猛然抬头看向他。他颤着睫毛，不安得像是做错事情的孩子。

夏春树曾经说过现在他们还年轻，要优先事业，三十岁之前绝对不生孩子。季青临凡事都依着她，也应了。可是万万没想到……计划赶不上变化。

夏春树还处于呆愣的状态，她在想到底是哪次中的标，明明每次都防备得挺好的……

"你、你想要吗？"

夏春树回神，白了他一眼："屁话。"

"哦，"季青临垂眸，"你不想要。"

夏春树呼吸一室，如果现在不是躺在病床上，她肯定要揍过去。

寂静中，电话铃声响起。

夏春树接通，那头传来夏春生的声音："姐，你好了吗？"

夏春树睨了季青临一眼，转而收敛视线，说："好了。"

夏春生"哦"了声，又问："你在哪家医院？我现在就过去。"

"不用过来了，你直接回家吧，一会儿我们直接回去。"

挂断电话后，夏春树又歇了会儿，感觉自己好些了后，她从床上爬了起来。

季青临紧张兮兮地护住夏春树，说："再、再休息一下吧。"

她摇摇头："没事了，我们直接回去吧。"

见她执意如此，季青临也不好说什么。

二人回家时，夏春生已经到了家好久了，他懒散地靠在沙发上刷着手机，厨房里夏爸爸和夏妈妈正在忙碌。

看到两人进门，夏春生抬了抬眼："妈，娇弱的仙女回来了！"

除非夏春树是个傻子，不然不会她听不出弟弟这是在嘲讽她。

厨房里传来夏妈妈关心的声音："春树，难受就去歇着，春生，把麦茶给你姐姐倒好拿上去。"

"不用了。"夏春树把包随手丢在沙发上，凑到了弟弟面前。

他正在刷微博，其中一条微博非常醒目，大意是仙儿姐晕倒了巴拉巴拉的。

夏春树暗叫不妙，一把夺走夏春生的手机。

这条微博下，其中有几条评论很是醒目。

"这么娇弱的吗？"

"果然女人就是不行。"

"技术厉害又不代表人厉害，手动滑稽。"

季青临看着，气不过："他们、他们站着说话不腰疼！"

"算了，这些人就是这样。"夏春树不甚在意地把手机重新丢了回去。

季青临目光一沉，拿出笔记本登录夏春树的微博账号，然后发送了一条微博。

是仙女呀："今天的真人'吃鸡'赛上，仙儿姐发挥得不是很好，还请大家见谅。等孩子生下来，让孩子代为雪耻。"

这条一百字不到的微博瞬间惹起涟漪。

"孩……孩子？"

"不是吧？仙儿姐怀孕了？"

"我不允许！不允许宝贝你怀孕。"

"身为妈妈粉，心都要碎掉了。"

"仙儿姐怀孕还去参加这种节目，真的好努力。"

此微博一发，嘲讽夏春树的网友全部闭了嘴。评论全变成"孕妇志坚，一 VS 四十九。"

夏春生表示有话要说，明明是他一 VS 四十九好不好！

不过……

他姐怀孕了？

夏春生怔怔的，半天没回神。

等他反应过来，他当机立断冲入厨房，眼神狰狞得像是要把夏爸、夏妈吞入肚中一样。夏爸当时就以为儿子中了邪，并且举起了手上的菜刀，然后，只听夏春生说："我姐怀孕了！"

短暂的沉默后，一阵鸡飞狗跳。

怀胎一个月的夏春树成了夏家和季家的重点保护对象，她和季青临被强迫性地搬了回来，由夏家二老亲自照顾。季渊然每天花样送礼物，就连冷面的弟弟都时刻伺候着她，不管她说什么都依着。

夏春树觉得……这日子过得真爽！

就是有一点不好，家人都不让她熬夜了，规定她十点必须睡觉。因此，她的直播时间都大大减少了。

这样连续一周夏春树还能忍受，连续两周她也能勉强接受，连续一个月后，她受不了了。

于是，在一个月黑风高的晚上，夏春树把电脑搬到了他们家后院，摸黑在角落里打游戏。因为想念观众，她用了电脑自带的麦和摄像头给粉丝直播。

现在是深夜十一点，看她突然直播，粉丝都吓了一跳，等进入直播间，看到蹲在角落、披头散发好似女鬼的夏春树时，观众全哈哈笑了出来。

夏春树很是不开心，压低嗓子："笑什么笑，我这叫职业素养。"

"好好好，素养素养。"

"吓我一跳，我以为贞子出来了。"

"震惊！孕妇深夜直播，原因竟然是……"

夏春树又和粉丝互动了一会儿，然后喜滋滋地登录了好久没上的《绝地求生》。

她用大号开了四排路人局，一进去，队友就认出了她，嗓音粗犷："仙儿姐！"

另一队友："啊啊啊，真的是仙儿姐！"

接着，队友开了公屏，语调激动得不能自已："保护我方仙儿姐！"

"仙儿姐怀孕了你们都注意点啊！"

夏春树……沉默了。

她怀孕了，她的游戏人物又没怀孕，至于吗？

接下来，夏春树见识了队友的一系列骚操作。

皇城 PK 时，队友全程把她保护住；舔包时，队友全部后退；找到车夏春树正要开时，队友说："孕妇坐后座。"

夏春树压抑不住，说："兄弟，你们不用这样吧？"

三人齐刷刷说："仙儿姐的孩子就是我们的孩子！"

夏春树："滚。"

到了决赛圈，她的队友还剩下一个，剩下两人全程观战，充当灵魂指挥官："三号，你是我们村最后的希望，你一定要保护好仙儿姐。"

四号也说："是啊是啊，仙儿姐要是死了可就一尸两命。"

三号觉得压力山大，但还是表示："一定不负同志们对我的信任！"

夏春树忍无可忍，掏出手榴弹丢了过去。

"砰！"

世界清净了。

正在观看直播的观众都快笑疯了，默契十足地@季青临。

夏春树正专心致志地伏地等待敌人，就看到直播间的屏幕划过一道灿金色的大字——"仙女家的小天使进入直播间"。

这是直播间贵族用户才拥有的特权，而"仙女家的小天使"正是季青临的ID。

他说："该睡觉了。"

简短四字，让夏春树吓出了一身冷汗。

她面无表情，目不斜视，权当没看见。

他又在弹幕上说："一分钟内不上来，我就去找你了。"

"仙儿姐，天使叫你回家。"

"仙儿姐，你男人叫你回家。"

"仙儿姐表示：我没看见。"

夏春树撇撇嘴，开了倍镜，对准石头后面的敌人就是一枪，道："呵，我仙儿姐就是自雷、就是从这石头上跳下去，也绝对不会关机下线！"

有观众提醒说："仙儿姐，你男人在你身后。"

夏春树微微一挑眉："你看我信你吗？给他季青临十个胆子，他也不敢把我弄回去。"

话音刚落，屏幕上倒映出男人修长的身形。

她操控鼠标的手一歪，人物从悬崖掉入深海里，毒圈很快把她吞噬，屏幕上显示游戏结束。

夏春树眼皮子一跳，慢慢抬头。

他垂眸，表情颇为淡漠。

季青临不说话时，冷漠疏离的样子让人不敢直视。弹幕齐刷刷一片点蜡，表示这不是他们的暖心小天使。

夏春树咧嘴，"嘿嘿"笑了两声。

季青临声音淡淡："晚上这么凉，你穿这么点出来也不怕生病。"

她怕吵醒家人，身上只套了件睡衣，鞋子都没来得及穿。

季青临鼓鼓腮帮，看向屏幕，说："不准怂恿我老婆打游戏，晚安。"

"啪嗒。"

屏幕被合上。

下一秒，男人结实的双臂将她抱了起来。

他的胸膛宽厚、温暖，夏春树不由抬头看向季青临。不知何时，她的大男孩已经是个大男人了，对她讨好撒娇，对外内敛凌厉，早已经不是以前那个胆小、动不动就哭哭啼啼的小男孩了。

他很快会成为丈夫，成为父亲。

"以后不能这样了。"回到房间后，季青临温柔地警告着她。

夏春树脚有些凉，给了季青临一个眼神。男人上床把她的脚放进自己怀里，夏春树舒服地长舒了一口气，拉过被子笑着看他。

季青临被看得耳朵红红，眼神不由错开。

"心肝儿。"夏春树柔软的指腹抚上他的肌肤，惹得季青临汗毛竖起。

"你别闹。"他拍了拍她的脚。现在情况特殊，他们又不能亲热，她的勾引对他来说简直就是折磨。

夏春树压抑着笑意："你喜欢女儿还是儿子？"

季青临很快说："儿子比较好。"

她挑眉："为什么？"

季青临说："女儿长大了要离开，男孩的话可以守在你身边，如果……"他抿唇，"如果有一天我不在了，他会替我保护你。"

也许是怀孕中的女人太过敏感，又也许因为他的表情过于真挚，夏春树不由自主地红了眼眶。

她拉过男人的手放在自己依然平坦的腹部上，说："宝儿，不管你是男孩还是女孩，都要成为你爸爸这样的人。"

季青临一愣，接着脸一红，说："不，不要成为我这样的，要……要变成你妈妈这样的人。"

说完，他傻兮兮地笑了。

这年冬天，夏春树在大雪纷飞时生下了一个女孩。季青临开心得和孩子一样，四处和人炫耀，平均五分钟在工作群、朋友群里发一张女儿不同角度的照片。同事朋友忍受不了他频频的骚扰，果断把他拉黑。

他那开心的样子也影响到了夏春树，望着恨不得二十四小时黏在女儿身上的季青临，夏春树不由说："你不是想要个儿子？"

季青临抬起头，表情茫然："我有这样说过吗？"

夏春树提醒道："你说过，就在我跑下楼打游戏的那天。"

"哦。"季青临低头逗着刚睡醒的小婴儿，"那你记错了，我肯定没这样说过。"

夏春树嘴角一抽，长呼一口气，没搭理他。

季青临还在继续逗弄着女儿。新生儿又软又小，胎毛稀疏柔软。她很白，眼睛虽然没长开，但能看出是一双大眼睛，随了季青临。她不管哭起来还是笑起来都是那样干净可爱，让他控制不住地想亲亲她的小脸蛋。

季青临觉得自己被幸福包围着，幸福过后，又是感激。他抱着夏春树，不住地说着"我爱你"，说着说着就哭了。

夏春树笑他："这么开心？"

他嘴唇颤着："我以后……也有家了。"

夏春树一怔，摸了摸他乌黑的头发。

她清楚他的过去，自然能理解他如今的眼泪。

"你给女儿想好名字了吗？"

季青临擦了擦眼泪，说："季爱春？"

夏春树默然，很含蓄地开口："有些……复古。"

说白了就是土。

季青临认真想了下，说："季爱树。"

夏春树保持微笑。

他喃喃道："那……"

夏春树打断他："不要和'爱'还有'树'这两个字扯上关系。"

好吧，他明明觉得很不错来着。

季青临抓耳挠腮地想了半天，忽然瞥到窗外苍茫大雪，不禁眉眼柔和起来，语调温润地念着："北风卷地白草折，胡天八月即飞雪。忽如一夜春风来，千树万树梨花开。"

夏春树点点头："季飞雪，挺好听的。"

他说："就叫她季春风了。"

夏春树……无语凝噎。